D E A R + N O V E L

JN283318

恋は愚かというけれど

久我有加
Arika KUGA

ディアプラス DEAR+ NOVEL 208 文庫 BUNKO

新書館ディアプラス文庫

S H I N S H O K A N

恋は愚かというけれど

目次

イラストレーション／RURU

恋は愚かというけれど

朝七時に起床し、簡単な朝食をとる。間違っても寝癖など残さずに髪をセットする。そして前日と似た服装にならないように細心《さいしん》の注意を払って身だしなみを整え、八時には一人暮らしのマンションを出る。

朝一番の講義があるとき、皆内謙人《みなうちけんと》はこのスケジュールをきちんと守る。一限が必修の講義であっても、そうでない講義であっても同じだ。決してさぼろうとは思わない。

もっとも、以前から真面目に一限の講義に出ていたわけではない。入学して二ヵ月ほどは早めに起きて講義に出ていたものの、後期になると、必修の講義が入っているときだけ早起きをするようになった。早起きとはいっても目覚まし時計は八時にセットしていたし、朝食も食べず、身支度もそこそこに部屋を出ていた。そうして徒歩で十五分程度かかるところを走って五分に短縮《たんしゅく》し、チャイムが鳴る直前に教室へ飛び込むのが常だった。必修以外の講義のときは言わずもがな、自室のベッドで惰眠《だみん》を貪《むさぼ》っていた。

そんな大学生としては珍しくもない怠惰《たいだ》な生活が一変《いっぺん》したのは、二年に進級してからだ。正確には二年になって十日目からで、六月半《なか》ばとなった今も規則正しい生活は続いている。

玄関でスニーカーを履《は》き、バッグを肩にかけた謙人は、腕時計に目を落とした。七時五十八分。ちょうどいい時刻だ。

つい先ほど鏡で見た限り、己《おのれ》の格好《かっこう》におかしなところはなかった。もともと謙人は地味な面《おも》立《だ》ちだ。髪型や服に凝《こ》りすぎると、顔が埋没《まいぼつ》してしまう。かといって顔に合わせて地味な出《い》で立《た》ちをすると、完全に個性がなくなってしまう。毎回、この微妙なラインが難しい。

「よし」

改めて服装をチェックした謙人は、大きく深呼吸してドアを開けた。たちまち晴れ渡った空が視界に飛び込んでくる。ここ数日、梅雨《つゆ》らしからぬ晴天が続いており、日差しは既に夏のそれだ。

ドアを閉めながら、謙人は隣の隣、そのまた隣の部屋のドアをちらと横目で見た。

もう出てくるはずなんやけど。

ドアに視線を留めたまま、謙人は心の内でつぶやいた。我知らず胸が高鳴る。鍵をかける手が自然と遅くなった。

今日は火曜日。三つ離れた部屋に住むご近所さんであり、同じ大学の同じ学部に所属する一年でもあり、かつサークルの後輩でもある進藤貴之《しんどうたかゆき》は、一限から講義が入っているはずだ。基本的に真面目な彼は、滅多《めった》に講義をさぼらない。

尚《なお》も横目で見ていると、三つ先にあるドアのノブがまわった。

慌てて視線を自室のドアへ戻し、鍵を抜く。そうして三つ先のドアなど、少しも気にしていなかった風を装《よそお》う。

出てきたのは、シャツにジーンズという飾り気《け》のない格好の長身の男だった。短髪が似合う浅黒い精悍《せいかん》な顔つきは、わずかに厚い唇のせいか整いすぎず、謙人には人間らしい温かみを醸《かも》し出《だ》しているように見える。

黒い瞳が動き、すぐに謙人を捕らえた。

「皆内さん、おはようございます」

ぶっきらぼうながらもきちんと挨拶《あいさつ》をした進藤に、おはようと明るく応じる。不機嫌なわけではなく、これが進藤の地なのだ。良くいえばクール、悪くいえば無愛想《ぶあいそう》。

けれど決して冷たい男ではないと知っているから、少しも気にならない。

「何べんも言うけど、敬語でしゃべらんでええで」

気安い口調で言いながら、謙人は進藤に歩み寄った。ここは二階だ。一階へ下りる階段は、進藤の部屋の向こう側にしかない。だから近寄っても不審に思われることはない。

鍵を閉めた進藤は、立ち止まった謙人を振り向いた。

「けど先輩やから」

「先輩いうても同い年やんか」

進藤は一浪しているので、学年は下だが年は同じだ。その話を聞いたとき、謙人は罰当《ばちあ》たりにも、俺も現役《げんえき》で合格せんと一浪したらよかったと思った。

そしたら四年間、みっちり進藤と一緒におれたのに。

「それはそうですけど、俺だけタメ口きくわけにいかんし」

鍵をポケットにしまいながら律儀《りちぎ》に敬語を使う進藤に、謙人は笑った。

「そんなん全然気にせんでええて。進藤より他の一年のが、思い切りタメ口叩いとるときあるから」

言いながら歩き出すと、進藤もつられるように横に並んだ。

自然と二人、連れ立って歩く形になる。行き先が同じ大学だから当然といえば当然だが、口許《くちもと》が緩《ゆる》むのを止められない。

「一年がタメ口っぽい話し方するんは、皆内さんが優しいからですよ。皆甘えてるんです」

直球の褒《ほ》め言葉をひどく嬉《うれ》しく思いながら、謙人は七センチほど背が高い進藤の肩を軽く叩いた。

「そおか。俺優しいか。進藤も甘えてええんやぞー。今やったら誰も見てへんし」

甘えてますよ、と進藤も笑う。全開で笑うことがほとんどない彼だが、週に数回、一緒に大学へ向かううち、こうした屈託《くったく》のない笑顔を見せてくれるようになった。

進藤は笑ったとき、目じりに皺《しわ》ができる。謙人はその笑い皺が好きだ。

「履修《りしゅう》登録の相談に乗ってもろたし、この辺の安い店教えてもろたし、こないだもバイト代入ったから言うて奢《おご》ってもろたやないですか」

たいしたことではない事柄を並べる進藤に、謙人は首をすくめた。

「奢った言うても牛丼やけどな」

「そんでも六人に奢ったらきついでしょう」

「まあ、今月買おうかなー思《おも》てたスニーカーは、来月にまわしたけど」

「そうやったんですか？　悪いことしたな。俺も近々バイト始めるつもりなんで、バイト代入ったら奢ります」

冗談で言ったのに、進藤は真面目に応じる。彼は筋が通らないことや理不尽《りふじん》なことが嫌いだ。愛想はないし口も悪いが、根はまっすぐな男なのである。

そういうとこがまたええんや。

じわ、と熱くなった胸をごまかすために、謙人は再び進藤の肩を叩いた。

「アホか。後輩なんやから素直に奢られといたらええねん」

すると進藤は真顔で見下ろしてきた。

「同い年やから敬語使わんでええて言うたんは皆内さんや。奢るときだけ先輩になるておかしいないですか？」

「う。それはそれ、これはこれ……」

明らかな矛盾点《むじゅんてん》を突かれて口ごもると、進藤は小さく笑った。

「そういうとこが一年にタメ口きかれる原因なんですよ。皆内さんて、ソツないようで案外ツメが甘いですよね」

「何やとコラ。タメ口きかれるんは俺が優しいからと違《ちご》たんかい」

「優しいのもほんまですけど、ツメが甘いのもほんまです」

コラ、進藤、と蹴《け》りを入れる真似《まね》をすると、彼はまた屈託のない笑みを浮かべた。目許にできた皺を目《ま》の当《あ》たりにして、胸が躍《おど》る。

嬉しい。同学年の友人たちと話しているときも、サークルの先輩たちと話しているときも、彼はこんな笑顔は見せない。

進藤と二人きりで話ができるのは、マンションを出てから大学へ行くまでの、ごく短い間だけだ。それでも回数が重なれば、けっこうな長さになるのは必定《ひつじょう》で、進藤が少しずつ気を許してくれているのがわかる。この二ヵ月、早起きし続けた甲斐《かい》があったというものだ。

「今日はまた暑うなりそうですね」

マンションを出た途端に照りつけてきた太陽に、進藤が目を細める。彼の横顔に吸い寄せられそうになる視線を意識して前に向け、せやなあ、と謙人は応じた。

他愛《たわい》ない会話を交わしながら歩く。それだけのことが嬉しくてたまらない。

しかし同時に、ただの『先輩と後輩』のやりとりでしかない会話に、苦いものが胸に湧《わ》く。

進藤に好きだと告げるつもりはない。彼はノンケだ。ふられるのは目に見えている。この先、せめてもの慰《なぐさ》めといってはおかしいかもしれないが、気を許せる先輩、もしくは親しい友人というポジションを確保してゆくつもりだ。

片想いは、高校でやめるつもりやってんけどな……。

謙人には、早い時期から女性を好きになれない自覚があった。ことがことだけに誰かに相談するわけにもいかず、一人で思い悩んだ。中学三年のときには受験のストレスも重なり、体調を崩したりもした。

高校に入ってから無理をして女性と付き合ったが、彼女と一度だけセックスを経験して、やはり女性は無理だと悟《さと》った。ショックだったけれど、それがありのままの自分を受け入れるきっかけになった。生来《せいらい》明るい性格だったこともあり、女性と別れた高校二年辺りからは、精神的に随分《ずいぶん》と楽になった。

しかし今度は、成就《じょうじゅ》する確率が恐ろしく低い恋に悩まされることになってしまった。世の中に男性は大勢いるが、同性を好きになってくれる男は、決して多くない。

だから大学に入ったら、同性を恋愛対象にしている男性しか好きにならないでおこうと決めていた。都会にある大学を選んだのも、地元の中規模都市より人口が多い分、恋愛相手と巡《めぐ》り会《あ》える可能性が高いと踏んだからだ。

が、いざ入学してみると、大学生活と初めての一人暮らしに慣れることに精一杯で、恋愛とは縁がないまま、あっという間に一年がすぎた。

そして今年。二年に進級して大学にも一人暮らしにも慣れ、これでやっと恋人を探せると思った矢先に出会ったのが進藤だ。

謙人が不覚にも、全く望みが持てない相手を好きになってしまったのは、今から二ヵ月ほど前のことである。

入学式から数えて九日が経《た》ったその日、謙人はサークルの勧誘を行っていた。

サークル名、学園祭実行委員会。その名の通り、学園祭の実行委員会である。

他の大学が学園祭の実行委員をいつ、どうやって決めているのかは知らないが、謙人が通う私立大学では、ひとつのサークルとして成り立っている。普段から行動を共にし、学園祭の運営にあたって必要なチームワークを築《きず》くことが目的らしい。大学の創立当時からサークルとして認められてきたという。

とはいえ、学園祭の時期以外はこれといってすることもないので、他のサークルと兼部《けんぶ》している者も少なくない。彼らは他サークルの勧誘活動で忙しく、必然的に、謙人のように実行委員会にしか所属していない者が勧誘の中心となる。しかも三年は早くも就職活動を始めており、四年はといえば、こちらも就職活動の真っ只中で忙しい。勧誘の担《にな》い手《て》は二年、つまり謙人たちが中心とならざるをえなかった。

一人につきノルマ五人！

入学式当日、忙しい中でも新入生獲得のために顔を出した三年の新委員長、古川《ふるかわ》は、サークル部屋でそう叫んだ。後輩たちは、ええー、無理ですてー、多すぎー、先輩横暴《おうぼう》ー、と一斉《いっせい》に不満の声をあげた。最低限の礼儀さえ守ればいいという緩《ゆる》い上下関係しかないサークルならではのブーイングを、やかましいと一蹴《いっしゅう》し、古川は言った。

とにかく、ここへ連れてくるだけ連れてこい。そしたら後は皆内がどうにかしよるから。

突然名指しされ、謙人はきょとんとした。何ですかそれ、と尋《たず》ねると、古川は四角い顔に真面目な表情を浮かべて答えた。

緊張しまくっとる新入生には、おまえの人畜無害《じんちくむがい》な明るさが効くはずや。

その言葉に、喜ぶべきか悲しむべきか、謙人は迷った。本当なら、敵意を持たれたり警戒されたりしていないことを喜ぶべきなのだろう。

けど俺、これから男作る気満々やのに。

「人畜無害てなあ……」

古川の言葉を思い出し、謙人はぼやいた。

そのつぶやきを聞《き》き咎《とが》めたらしく、横に腰かけた女子学生、吉島《よしじま》が笑う。同じ人間科学部に属する同学年の彼女も、実行委員会一本槍《いっぽんやり》だ。

「ミナてそんな感じやもんな」

「油断したらあかんでよっさん。俺はほんまは人畜有害な要注意危険人物や」

「そんな虫も殺せんような癒《いや》し顔で何言うてんの」

バシ、と肩を叩かれ、イテ、と謙人は声をあげた。去年、一緒に学園祭の展示部門を担当したが、吉島はなかなかのやり手だ。謙人とは反対に押しが強い。しかも地味な顔立ちの謙人と違って、目鼻立ちのはっきりとした美人である。だからこそ今日までの九日間、外へ出て新入生を直接勧誘するチームではなく、説得係として謙人と組まされ、サークル部屋に残された。要するにアメとムチ作戦だ。古川は大雑把《おおざっぱ》なようでいて、実はよく人を見ている。

「まだ誰も戻って来そうにないし、俺飲むもんでも買《こ》うてくるわ。よっさん何飲む？」

立ち上がって言うと、カフェオレのホット、と吉島は応じた。バッグの中から財布を取り出し、あきれたような視線を向けてくる。

「そうやって簡単にパシるから人畜無害とか言われんねんで」

吉島から百円玉を預かった謙人は、顔をしかめてみせた。

「とか言いながら、私が行ってくるしミナは座っててー、とは言わんのやな……」

「言わん。はい、いってらっしゃい」

ニッコリ笑って手を振る吉島に苦笑しつつ、謙人は部屋を出た。次期実行委員長と目《もく》されている女性には敵《かな》わない。

自動販売機はサークル棟《とう》の出入り口付近にある。廊下の端にあるその場所へ、謙人はゆっくり足を運んだ。窓から見えるのは葉桜だ。入学式の頃に満開だった花は既に散り、明るい日差しを浴びた緑がキラキラと輝いている。

ええ季節やなあ、と目を細めつつのんびり歩いていると、数人の学生が忙《せわ》しない様子で追い越していった。サークルの存続《そんぞく》は人員の確保にかかっている。一人でも多くの新入生に入ってもらおうと、皆勧誘に一生懸命なのだ。

うちも最低でも七人か八人は入ってもらわんと、まわらんやろし。

そんなことを考えていると、言い争うような声が聞こえてきた。出入り口の付近で誰かが揉《も》めているらしい。咄嗟《とっさ》に壁に身を隠し、外を覗く。

建物のすぐ外で、二人の男が向き合っていた。少し離れた場所に、新入生らしき女子学生が一人、青い顔をして立ち尽くしている。

「無理強《むりじ》いなんかしてへんかったやろ、人聞き悪いこと言うな。彼女が自分でついて来たんや」

小柄な男が顔を赤くしてまくしたてている。学部は違うが、学年は同じ二年の男だ。見覚えがある。

「そういう風には見えませんでしたけど。強引な勧誘は禁止されてるはずですよね」

淡々と応じたのは背の高い男だった。その低く響く声とまっすぐな立ち姿に、自然と目が吸い寄せられる。

「おまえかて一年やろ。入ってきたばっかで何も知らんくせに、偉そうな口きくな」

脅《おど》すような口調にも、長身の男は動じなかった。臆《おく》することなく上級生を見下ろす。

「何も知りませんけど、彼女が嫌がってたんはわかります」

「せやから嫌がってへんやろが」

「そうですか？　無理やり背中押してはったように見えましたけど」

二年の男はぐっと言葉につまった。どうやら強引な勧誘をしていた彼を、新入生の男が咎めたらしい。

凄《すご》い。度胸あるなあ……。

感心しながらも、新入生の男から目が離せなかった。肌はほどよく日に焼けた小麦色だ。恐らくスポーツで鍛《きた》えた結果だろう、バランスのとれた体はひきしまっている。

男に見惚《みと》れている自分に気付いたのは、上級生が彼の肩を強く押したからだ。

あ、と思わず漏《も》れそうになった声を慌てて抑《おさ》える。

「ええから帰れ。おまえには関係ないやろ」

二年の男がまた彼の肩を突く。

あかん。ケンカになる。

謙人は咄嗟に、事務員さーん！　と声を張り上げた。

「こっちですー！　こっちで何か揉めてます！」

今来たばかりの廊下に向かって叫ぶ。

歩いていた数人が不思議そうに辺りを見まわした。が、もちろん廊下に事務員などいない。

「ここです、こっちです！」

尚も声を張りながら出入り口に姿を見せ、わざと廊下に向かって手招きすると、二年の男は逃げ出した。口では否定していたが、強引な勧誘をしていた自覚があったらしい。

彼の姿が完全に見えなくなったことを確認して、謙人は手招きをやめた。そして突っ立ったままの二人に駆け寄る。

「大丈夫やったか？」

現金なもので、自然と男に声をかけてしまったが、答えたのはなぜか女子学生の方だった。

「あ……、あの、ありがとうございます。助かりました……」

関西出身者が多くを占《し》める大学では珍しい標準語で礼を言った途端、彼女は顔を歪《ゆが》めた。かと思うとうつむき、泣き出してしまう。緊張の糸が切れたようだ。

わ、俺が泣かしたみたいやないか。しかも礼を言う相手が間違《まちご》てるし。

「あー、泣かんでええ泣かんでええ。もう大丈夫やからな」

慌てて宥《なだ》めながら、謙人はジャケットのポケットを探った。出てきたのは、美容院のオープンを知らせるポケットティッシュだ。数日前に繁華街《はんかがい》で配られていたものを突っ込んでおいたのが、そのままになっていた。

「はいこれ。よかったら使《つこ》て」

風俗の宣伝ティッシュやのうてよかったと心底思いつつ差し出すと、女性はすみませんと礼を言って受け取った。長身の男にばかり気をとられていて気付かなかったが、近くで見ると、おとなしげだが整った面立ちである。先ほどの二年の男は恐らく彼女を気に入り、無理に自分のサークルに入れようとしたのだろう。

あの、と低く響く声が降ってきて、謙人は思わず顔を跳ね上げた。

「すんません、助かりました」

頭を下げた男を、改めて正面から見つめる。

意志の強さを示すような直線的な眉《まゆ》。揺るぎない視線を放つ切れ長の双眸《そうぼう》。隆《たか》すぎず、かといって低すぎない鼻筋。それらだけを見ると精悍な鋭い顔つきだが、やや厚い唇のおかげで強面《こわもて》にはなっていない。

——見た目めっちゃタイプや。

またしても見惚れそうになる自分を止めるために、謙人は声に出して笑った。

「俺は何もしてへん。彼女助けたんはおまえやろ。よう止めたな」

「いえ、別に」

手柄を横取りされたことを怒っている風はなかった。正義漢ぶる様子もない。それどころか、争わずに男を追い払った謙人に本当に感謝しているとわかる、ぶっきらぼうだが素朴《そぼく》な受け答えだった。

どうやらこの一年は、女性に格好いいところを見せたくて助けたわけではないらしい。ごく当たり前のこととして、困っている人を助けただけのようだ。

やばい。ますますタイプや。

ぎこちなくそらした目を、謙人は女性に向けた。

「勧誘もいろんなんがおるから気ぃ付けや。この時期は大学のサークルだけやのうて、大学と全然関係ない怪しい勧誘も混じってるからな。いざとなったら走ってでも逃げるんやで」

ティッシュで涙を拭《ぬぐ》っていた女子学生が、消え入りそうな声ではいと返事をしたそのとき、ミナ、と呼ぶ声が聞こえた。

振り返ると、廊下の向こうから吉島が駆けてくるところだった。先ほどの、こっちです、という大声がサークル部屋まで届いたらしい。

「どないしたん、何かあった？」

「ごめん、何もないねん」

吉島に笑顔で応じてから、謙人は一年の二人に向き直った。

「二人とも、しばらくは人の多い表門から帰った方がええな。たぶん大丈夫やとは思うけど、さっきの奴が逆恨《さかうら》みしとると面倒《めんどう》やから。もし会《お》うても相手にしたらあかんで。しつこいようやったら大学の事務へ相談に行きや」

そこまで言って、ニッコリ笑ってみせる。そしたらな、と軽く手を振り、謙人は踵《きびす》を返した。

男の名前を知りたかったが、聞かなかった。

せやかてこの状況で名前聞いたら、助けたことを恩に着せて勧誘しようとしてるみたいやし。

そして何より、この一年はどう見てもノンケだ。せっかく都会へ出てきたのに、片想いはしたくない。

そうは思いながらも後ろ髪を引かれていると、あの、と背後から声がかかった。男の低い声だ。ドキ、と心臓が滑稽《こっけい》なほど跳ね上がる。

勢いよく振り向きそうになるのを、謙人はかろうじて堪《こら》えた。精一杯努力して、できる限りゆっくり振り返る。

男は、先ほどの場所に立ったままだった。漆黒《しっこく》の双眸をまっすぐ謙人に向け、尋ねてくる。

「先輩が入ってはるサークルは、どこですか？」

真摯《しんし》な口調が耳に届いたその瞬間、謙人は男——進藤貴之につかまった。

あれから進藤一色やもんな、俺……。

サークル部屋にいるのが自分一人であることを幸いに、謙人はため息を落とした。三限が終わった時点で後の講義は自主休講と決めこみ、カフェバーのバイトまで時間を潰《つぶ》すためにやってきたのだが、珍しく部屋には誰もいない。

大学公認のサークルに与えられている部屋は、それなりに広い。しかしロッカーや机、椅子の他、メンバーの私物があちこちに置いてあるので随分《ずいぶん》と狭く見える。それでも一人でいると、やけに寒々しい。

折りたたみの椅子に腰かけた謙人は、進藤がよく座るロッカーの前辺りの椅子をぼんやりと見つめた。

礼儀正しいわりに口が悪い。けれど笑うと目じりに皺ができて、それが男っぽくてかっこいい。歩くときは、相手に歩調を合わせる。話をするときは、まっすぐ人の目を見る。酒に弱くて、飲むとすぐ眠くなってしまう。納豆が苦手で、好物はなぜか椎茸《しいたけ》。携帯電話につけている可愛《かわい》らしいキャラクターのストラップは、小学一年の双子《ふたご》の甥《おい》っ子《こ》がくれた合格祝いだ。小学生のときに剣道を始め、中学高校と剣道部に所属し、高校では主将だった。浪人生だった一年間、毎日ジョギングを欠かさなかった。

朝、一緒に大学へ向かう短い時間の中でのやりとり。新入生歓迎会での会話。何をするでもなく、サークル部屋で時間を潰しているときの、他愛ない話。それらから彼を知る度《たび》、知った分だけ好きになる。

好きにならないでおこうとしても、好きになってしまうのはなぜだろう。自分の感情なのに、少しもコントロールがきかない。

不毛《ふもう》や……。

謙人は再びため息を落とした。

自分は決して惚《ほ》れっぽくないと思う。その証拠に、あと数ヵ月で二十歳になるというのに、好きになったのは進藤を除いて、たったの二人だ。

一人は小学校四年のときのクラスメイトで、初恋の相手だった。告白など思いもよらない幼い恋で、彼が転校してしまった時点で終わった。もう一人は高校の先輩で、同じサッカー部に所属していた。彼が引退して卒業するまで、良い先輩後輩として付き合った。嫌われるのが怖かったから、好きだとは告げなかった。

どちらも見ているだけで終わった片想いだ。そして三人目の進藤も、完全な片想いである。入会の申し込みをした際に進藤が書いた住所を見て、謙人は舞い上がった。彼が同じマンションの住人で、しかも三つ隣の部屋に住んでいるとわかったからだ。しかし喜びも束《つか》の間《ま》、すぐ憂鬱《ゆううつ》な気分になった。側《そば》にいられて嬉しい。けれど近くにいる分、嫌なものを見てしまう可能性が高いと気付いたのである。

たとえば、カノジョとか。

自分の考えに、謙人は落ち込んだ。

カノジョ、いつかできるんやろな……。

「ミナ先輩、何ため息ついてるんですかー」

ドアが開くと同時に高い声が聞こえてきて、謙人は顔を上げた。部屋に入ってきたのは一年の迫田《さこた》だ。びっくりしたような大きな目が印象的な彼女は、一年の中で一番小柄だが、一番元気がいい。

「サコは今日も元気やな……」

「元気ですよー。どしたんですか、お腹《なか》すいたんですか？」

屈託のない問いかけに、謙人は苦笑した。

「ため息を腹が減ったせいやと思うんはサコぐらいやで」

「そんなことないですよー。私お腹減るとため息出るもん」

言いながら机にトートバッグを下ろした迫田は、そこからメロンパンを取り出した。どうやら腹が減っているのは彼女自身らしい。

「食べてええですかー？」

「ええよ。ああコラ、立ったまま食うな。そこの椅子に座り」

はーい、と元気よく返事をした迫田が謙人の正面に腰かけたそのとき、一度は閉まったドアがまた開いた。顔を見せたのは、進藤と若尾《わかお》──強引な勧誘に泣いてしまった女子学生だ。彼女も進藤を追いかけるようにして、実行委員会に入ってきた。

これがまた、嫌な予感がするんやな……。

窮地《きゅうち》を救ってくれた男に、女が惚れても不思議はない。実際、進藤と若尾は最近、一緒に来ることが多い気がする。

ますます不毛や……。

そう思ったことは微塵《みじん》も顔に出さず、おう、と進藤と若尾に笑顔で手をあげてみせる。

若尾は笑みを浮かべ、ペコリと頭を下げた。進藤も、っす、と短く言って頭を下げる。しかし大口をあけてメロンパンを頬張《ほおば》る迫田に気付いて、謙人から彼女へ視線を移してしまった。

「迫田、また食うてんのか」

あきれたように尋ねた進藤に、迫田はのんびり答える。

「三時のおやつや。進藤君にはやらんけど、ワカちゃんにはあげてもええで」

「あげるて、食べさしをか」

進藤が眉を寄せると、迫田も負けじと鼻の頭に皺を寄せる。

「ちゃうもん。もう一個メロンパン買《こ》うてあるんですー」

「いくつ食う気や」

「三つ。もう一個はクリームパン」

迫田の答えに、謙人は思わず、げ、と声をあげた。

「三つも食うつもりか。しかも甘いパンばっかりやないか」

「コラー、げって言うなー」

賑《にぎ》やかなやりとりの合間を縫《ぬ》って、サコちゃん、と若尾が迫田に声をかける。

「私はいいから、サコちゃん食べて」

「ワカちゃん、お腹減ってへんの？」

迫田の問いかけに、うんと若尾は頷く。そしたら私食べるな、と笑顔で頷き返して、迫田は再びメロンパンに没頭《ぼっとう》し始めた。若尾はそんな迫田をニコニコと笑いながら見守っている。

女性に興味がない謙人の目から見ても、若尾はかわいい。しかも媚《こ》びるかわいさではなく、好感が持てるかわいらしさだ。関東出身だが浮くようなことはなく、いつも穏《おだ》やかな笑みを浮かべており、サークル内の女性にも好かれている。

せめて進藤に助けられたのが、色気より食い気の迫田ならよかった。

……まあサコは強引な勧誘でも、自力で蹴《け》散《ち》らしよるやろうけど。

一人苦笑していると、皆内さん、と呼ばれた。いつのまに机をまわり込んだのか、進藤が横に立っている。

「明日、バイトない日ですよね」

「ああ、うん」

「ちょお付《つ》き合《お》うてもらえますか？」

真面目な口調に、えっ、と謙人は思わず大きな声を出してしまった。

進藤が驚いたように瞬《まばた》きをする。

「何か予定入ってました？」

怪訝《けげん》そうに問われて、ハハ、と謙人は意識して笑った。内心の動揺を押し隠し、手を振ってみせる。

「や、何もない。何もないで」

……びびった。付き合《お》うてもらえますかて、そういう意味やないに決まってんのに。

ほんの一瞬でも勘違いしてしまった自分が、浅ましくて情けない。

「付き合《あ》うんはええけど、どこ行くんや」

心の内で自嘲《じちょう》しつつ尋ねたそのとき、またドアが開いた。吉島ともう一人、同学年の男子学生、眼鏡をかけた山室《やまむろ》が入ってくる。

「わっ、サコがまた何か食うとる」

「いつ見てもエンゲル係数《けいすう》の高いコやなあ」

二人の注目を集めた迫田は、何か言おうと口を動かした。が、隙間なくパンを頬張っているので、もごもごという意味不明の音にしかならない。

「ミナ、冷蔵庫にジュース入ってるからサコにやって」

吉島に言われて、はいよと立ち上がる。すぐ後ろにある冷蔵庫の扉を開けると、オレンジジュースのペットボトルがいくつか並んでいた。

吉島の祖父母は四国に住んでおり、果汁百パーセントのオレンジジュースを定期的に山ほど送ってくるらしい。いくら好きでもそないいっぱい飲めんちゅうの、と苦笑しつつ持ってきてくれる吉島のおかげで、サークルのメンバーは添加物《てんかぶつ》なしの上等なジュースをタダでご馳走《ちそう》になっている。

ペットボトルを取り出していると、進藤が手を伸ばしてきた。

「俺がやります」

「ああ、ええよそんなん。進藤も飲むか？」

手伝いを申し出てくれたことが嬉しくて思わずニッコリ笑うと、進藤は眉を寄せた。やり場のなくなった手が、所在《しょざい》なく宙に浮いているのがかわいい。

「や、俺はええんですけど」

「そか？ そしたら座っとけ」

言いながら、冷蔵庫の上に伏せてあったグラスにジュースを注《つ》ぐ。ほれ、と迫田に手渡してやると、ありがとうございますー、いただきますー、と彼女はさも嬉しそうに受け取った。

一連のやりとりを見ていた進藤が、吉島さん、と呼ぶ。

「俺もおるんやから俺に言うてくれはったらええのに。皆内さんも何で自分でするかな。俺に言うてくださいよ」

顔をしかめた進藤に、吉島は首をすくめた。

「せやかて進藤には何か頼みにくいんやもん」

「気にすんな進藤、ミナとよっさんは一年のときからこんなんや」

山室の言葉に反応したのは、ご、ご、と十八歳のうら若き乙女とは思えない勢いでジュースを飲んでいた迫田だった。グラスから口を離し、謙人と吉島を交互に見遣《みや》る。

「よっさん先輩とミナ先輩て、付き合《お》うてはるんですか？」

一瞬、静寂が部屋を支配した。

刹那《せつな》、派手に噴き出したのは謙人、吉島、山室の二年三人だ。一年の三人はどうリアクションをしていいかわからないらしく、互いに顔を見合わせる。

最初に言葉を発したのは吉島だった。

「やめてやサコ。私の好みはスピードに出てた頃のキアヌ・リーブスや。ミナみたいな薄味の草食動物男は趣味やないわ」

笑いながら言った吉島に、でもー、と迫田は首を傾《かし》げる。

「よっさん先輩とミナ先輩、めっちゃ仲ええやないですかー。なあ」

同意を求められた若尾が、慌てたように何度も頷く。

「私も、そうじゃないかと思ってました」

どうやら本当に謙人と吉島が付き合っていると思っていたらしい彼女に、謙人もやはり笑いながら手を横に振る。

「若尾まで？　ひどいなあ」

吉島のことは信頼しているし、良い友人だと思っているが、恋愛感情は全くない。

せやかてよっさんは女やし。

「俺かてよっさんみたいなきっつい肉食動物女は趣味やないわ」

謙人の軽口に、きつうて悪かったな、と吉島がすかさずツッこんでくる。皆で笑っていると、ドアが開いた。

おまえら賑やかやなー、と入ってきたのは三年の男子学生だ。リクルートスーツを着ているところを見ると、就職活動の息抜きに寄ったらしい。山室が早速《さっそく》彼に声をかける。

「先輩、聞いてくださいよ。一年、ミナとよっさんが付き合《お》うてるて思てたらしいっすよ」

「はあ？　兄貴と舎弟《しゃてい》が付き合うわけないやろ。あ、言うまでもない思うけど、兄貴が吉島で舎弟がミナな」

「ちょっと先輩、兄貴て何ですか。せめて姐《あね》さんにしてください」

抗議の声をあげた吉島に、迫田と若尾が笑う。

謙人はといえば、横顔に視線を感じて傍《かたわ》らに立ったままの進藤を見上げた。色の浅黒い精悍な顔に浮かんでいたのは、どこか拍子抜《ひょうしぬ》けしたような表情だ。

「進藤、まさかおまえまで俺とよっさんが付き合《お》うてるて思てたんやないやろな」

からかうように問うと、進藤はいえ、と首を横に振った。

「俺は違う思てたんですけど、付き合《お》うてはるて思てる奴がけっこうおるんは事実です」

「ええっ、マジでか。俺に直接聞いてくれたらすぐ否定したのに」

明るい声で答えつつ、謙人は安堵《あんど》した。

よかった。進藤は誤解してへんかった。

まあ誤解してへんからって、進藤が俺とどうこうなるわけやないけど……。

それでも、好きな相手に誰かと付き合っていると誤解されるのは嫌だ。ささやかだが、片想いの身としては精一杯の矜持《きょうじ》である。

「あ、そおや。さっき言うてた付き合《あ》うて何やったんや」

話が途中だったことを思い出して尋ねると、進藤は珍しく困ったような笑みを浮かべた。

「明日話します」

「明日?」

首を傾げた謙人に、進藤は真顔で言った。

「明日、俺の部屋で」


俺はほんまにアホや。一瞬やけど、期待してしもた……。

「皆内《みなうち》さん?」

声をかけられて、謙人《けんと》はハッと顔を上げた。

「ああ、何?」

ローテーブルの向かい側に腰を下ろしつつ、進藤《しんどう》が心配そうにこちらを見つめてくる。

「やっぱり予定あったんちゃいますか?」

「や、何もないで」

急いで笑顔を作ると、進藤は眉《まゆ》を寄せた。

「そうですか？　何かさっきから落ち着きないから」

「そんなことないで。腹減ってるからかも。さあ、食べよか」

謙人はテーブルの上のビニール袋から、慌てて弁当を取り出した。

先ほどから落ち着かないのは本当だ。なぜならここは、進藤の部屋だからである。しかも部屋にいるのは二人だけなのだ。

サークル部屋で落ち合った後、コンビニに寄って弁当を買い込んだ。そして昨日約束した通り、進藤の部屋へ帰ってきた。

コンビニからの帰り道、進藤は聞きたいことがあると言った。その顔に恋情《れんじょう》の影はなく、ただ真剣な色が映《うつ》っていた。――親しい先輩に相談ごとをする。進藤にとってはそれだけのことで、深い意味はなかったのだと、謙人は改めて実感した。

深い意味なんかないてわかりきってんのに、俺も何で期待するかな……。

両想いになることは、最初からあきらめているつもりだった。しかしやはり心のどこかで、進藤が自分を想ってくれることを願ってしまっているのだろう。

進藤の部屋に入れてもらったというだけで緊張してしまう。除湿《じょしつ》されていて涼しいはずの空気がやたらと暑く感じられる。全ては、好きだからこそだ。

……不毛《ふもう》や。

「皆内さん、卵嫌いですか。それとも好物？」

おかしそうな問いかけに、え、と謙人は思わず声をあげた。いつのまにかうつむけていた顔を上げると、進藤はやはり楽しげにこちらを見ている。

「や、好きやけど。何で？」

「さっきからじっと卵見てはるから。先に食べるか、後で食べるかで迷《まよ》てるんですか？」

「そお、そおやねん。いっつもめっちゃ迷てまうんや。今日は後で食べることにしよかな」

これ幸いと進藤の言葉にのってから、謙人は部屋を見まわした。進藤と正面から見つめ合っていることに耐え切れなかったのだ。

「それにしてもきれいにしてんなあ、進藤」

「そうですか？　別に普通でしょう」

「や、男の一人暮らしにしてはきれいや」

謙人の部屋と同じ1K風呂トイレ付きの間取りだが、全く別の部屋に見える。

置いてある家具は、どれもシンプルな色とデザインだ。雑誌や衣服が適度に散らばってはいるが、ゴミはきちんと片付けられており、汚いとは感じない。また、ひょっとしたらと考えていた女性の気配もなかった。進藤が寝て起きて、食事をとって暮らしているという、ただそれだけの気配しかない。

進藤らしい部屋だと思う。整っていて清潔で、しかし冷たくはない。

何か部屋見ただけで、また好きになってしもた気ぃする……。

赤くなっているだろう顔に気付かれたくないことはもちろん、沈黙が続くのが嫌で、謙人は視線を泳がせながら話題を探した。ふと脳裏《のうり》に浮かんだのは、山室《やまむろ》の顔だ。

「そういやこないだムロのアパートに行ってんけど、あいつの部屋ありえへんほど汚いねん。汚部屋《おべや》っちゅうんはああゆうのを言うんやろな。空飛ぶ虫の巣窟《そうくつ》になってしもてて、行った連中皆阿鼻叫喚《あびきょうかん》や」

順調に弁当を食べ進めていた進藤は、箸《はし》を止めて首を傾《かし》げた。

「空飛ぶて……、ああ、ゴ」

「言うな。食べてる最中にそれ以上は言うな」

慌てて両手を振って遮《さえぎ》る。

すると、進藤は声に出して笑った。

「話持ち出したん皆内さんでしょう。苦手なんですか」

「アレが苦手やない奴がこの世におるんか」

「俺は平気ですけどね。あんなちっちゃいもんが怖いていう感覚のがようわからん」

唐揚《からあ》げを口に運びつつあっさり言ってのけた進藤を、じろりとにらむ。

「怖いんとちゃう。苦手なんや」

「一緒やないですか」

「全然違う」

恥ずかしさも手伝って言い張ると、進藤はクス、と小さく笑った。コロッケを箸で切り分けながら、ゆっくり言葉を紡《つむ》ぐ。

「まあでも、皆内さんて苦手なもんありそうでなさそうやから、苦手なもんがあってちょっと安心しました」

「……何やそれ」

進藤の声がひどく優しく聞こえて、謙人は再びうつむいた。ただ気を許しているだけなのだろうが、彼を好きな身としては耳に毒だ。己《おのれ》が彼にとって特別な存在ではないかと錯覚しそうになる。

謙人の内心などもちろん知る由《よし》もなく、進藤は柔らかな声で続けた。

「隙《すき》があるようでないてゆうか、隙があるから逆につけ入ることができんてゆうか。何やかや言いながら大抵のことは器用にこなさはるから、そういう風に見えるんかもしれませんけど」

一度言葉を切った進藤に、謙人は笑った。

「それは褒《ほ》めてんのか、けなしてんのか」

「どっちでもないですね。ありのままを言うてるだけやから。ただ、羨《うらや》ましいとは思います」

「羨ましい？　何でや」

「俺は皆内さんみたいにはできんから」

柔らかな口調から真面目な口調に変わった進藤を、謙人はちらと見遣《みや》った。精悍《せいかん》な顔には、その口調と同じ真面目な表情が浮かんでいる。どうやら本心から羨ましいと思っているようだ。

俺が羨ましいて、どこがやねん。変な奴。

「俺みたいて、おまえがそんなんする必要ないやろ。だいたい、羨ましがられるようなええとこなんか俺にはないし、虫も苦手やしな」

うんうんと頷きながら言うと、そういうとこが、と進藤は応じた。

「皆内さんのそういうとこが、ええなあ思うんです」

思いもかけない言葉を聞いて、ポテトサラダをすくおうとした箸が止まる。改めて正面にいる進藤に視線を向けると、彼もこちらを見返してきた。その目に映っているのはやはり、これ以上ないぐらい真剣な色だ。

我知らず息を飲むと、皆内さん、と呼ばれた。

「皆内さんは、付《つ》き合《お》うてる人はおらんのですか」

……それは、どういう意味で聞いてる？

謙人は咄嗟《とっさ》に視線をそらした。心臓がにわかに早鐘《はやがね》を打ち始める。ドクドクと脈打《みゃくう》つ音が進藤に聞こえてしまいそうだ。

「おらんけど……」

答えた声は掠《かす》れたが、幸《さいわ》いなことに、ひっくり返りはしなかった。

「そうなんですか」

進藤の相づちが安堵したように聞こえたのは、気のせいではあるまい。謙人に付き合っている人がいなくて、彼は安心したのだ。

それって、俺と付き合《あ》いたいってことやんな？　そう解釈してええよな？

――けれどまさか。そんなことが本当にあるのだろうか。

全身が固まってしまっているのを感じる。ひどく緊張しているせいだろう、息をするのも苦しい。激しい鼓動を刻《きざ》む心臓が口から飛び出しそうだ。

謙人は白米の中心に埋《う》まった梅干《うめぼし》を親の仇《かたき》のように凝視《ぎょうし》したまま、進藤の次の言葉を待った。

「吉島《よしじま》さんは、誰かと付《つ》き合《お》うてはるんですか？」

意を決して、という風に投げかけられた質問に、謙人は瞬《まばた》きをした。梅干の赤が、目の前でちらちらと揺れる。

今、吉島さん、と進藤は言った。皆内さん、ではなく、吉島さん、と言った。

ゆっくり顔を上げる。

そこには、緊張の面持《おもも》ちで答えを待っている進藤がいた。

次の瞬間、謙人の脳はかつてない速さで回転した。進藤は、謙人ではなく吉島に恋人がいるかどうかを知りたがっている。それはつまり。

「……進藤、よっさんのこと好きなんか？」

漸《ようよ》う尋《たず》ねると、進藤は言葉につまった。が、数秒置いて、はいとぶっきらぼうに応じる。目許《めもと》がうっすらと赤い。照れているのだ。この二ヵ月、彼のいろいろな表情を見てきたが、こんな顔は初めて見る。

「あー……、あー、なるほどな。すまん。そおか。そおかそおか」

謙人はおよそ意味のない言葉を並べた。熱くなっていた体が急速に冷たくなる。かと思うと再び、カッと異様なほど熱くなった。同時に、嫌な汗が全身に噴き出す。

驚き、落胆、嫉妬《しっと》。期待してしまった己に対する羞恥《しゅうち》、嫌悪《けんお》、惨《みじ》めさ。

一時に湧《わ》いて出た様々な感情に押し流されそうになるのを必死で止め、謙人は早口で話し出した。

「よっさん今たぶんフリーやで。一年の夏頃に高校んときのカレシと別れたて聞いてから、そういう話全然聞かんから。それらしい男からのメールとか電話もないみたいやしな。あの通り美人やから言い寄ってくる奴もかなりおるみたいやけど、全部断ってるらしい」

「そうなんですか」

うんと頷いてみせると、進藤は微笑《ほほえ》んだ。嬉しそうな笑顔に、ズキ、と胸が強く痛む。

思わず胸を押さえた手の動きをごまかすために、謙人は目許を赤くしたままの進藤を、上体を反《そ》らして見つめた。

「んー、こうやって見たら、キアヌ・リーブスを煮浸《にびた》しにして、二日ぐらい置いといた感じに見えんこともない」

「……煮浸して何」

「和風ってことや。細かいことは気にすんな」

顔をしかめた進藤に笑って、謙人は反らしていた上体を元に戻した。改めて彼に向き直り、『気さくな先輩』の顔で続ける。

「うちは一応サークル内恋愛禁止になってるけど、あくまで建前《たてまえ》やからな。何せ先々代の委員長と副委員長は学生んときから付き合《お》うて結婚しはったぐらいやから。おまえやったらいける思うわ。よっさんはええ奴や。見る目あるで進藤」

うんと大きく頷くと、進藤は噴き出した。

「ええ奴ですか。ほんまに友達なんですね」

「あ、おまえ実は疑《うたご》うてたんか？」

「そういうわけやないですけど、サークル以外でもよう一緒にいてはるし、仲ええんは事実でしょう」

「それはほんまに仲のええ友達やからや」

明るい声で答えて、謙人は再び弁当に箸をつけた。何かしていないと笑顔を続けられそうになかったのだ。

「やー、けどよっさんか。全然気付かんかったわ。サークルの皆もたぶん、おまえがよっさんのこと好きやて誰も気ぃ付いてへんで」

進藤がサークルに入ってきて約二ヵ月。もし誰かが気付いていたら、それとなく噂が広まったはずである。

他のメンバーはともかく、俺は何で気付かんかったんや……。

誰よりも進藤を見ていたつもりだったのに。

味が全く感じられなくなってしまったサラダを、無理やり飲み込みながら思う。誰より彼を好きでいたつもりだったのに、なぜ。

しかし見ていたのは朝の十数分と、サークルの時間だけだ。大学生活のほとんどを占《し》める講義の時間も、自室に帰ってからのプライベートな時間も休日も、進藤がどんな風にすごしているか、謙人は知らない。何しろ、進藤の部屋に入ったのも今日が初めてなのだ。

「ほんまに、気付かんかった……」

知らず知らずのうちに弱い物言いになってしまって、ハッと口を噤《つぐ》む。

しかし進藤は、自分の気持ちを打ち明けたことでいっぱいいっぱいになっているらしかった。

謙人の語気の弱さを気にとめる様子はなく、どこまでも真面目な口調で言う。

「皆でおるときにそういうのは迷惑でしょう。サークルは合コンやない。けじめは大事です」

進藤らしい硬い考え方に、謙人は意識して明るく笑った。

「けじめて、おまえはどこの頑固《がんこ》オヤジやねん。そこまで硬《かと》う考えんでもええやろ」

「けどだらしないのは好きやないですから」

「硬い、硬いで進藤君。若いんやからもっと柔らかぁならな」

「若いとか年いってるとか、そういうのは関係ない思いますけど」

話し、笑い、謙人はひたすら弁当を口に運んだ。けじめという言葉を当たり前のように出した進藤を、性懲《しょうこ》りもなく好きだと思ってしまう自分に、やるせなさを感じながら。


玄関口で靴を履《は》き、謙人は背後《はいご》に立っている進藤を振り向いた。

「邪魔したな」

「いえ、付き合わしたんは俺ですから。時間とらしてすんませんでした」

頭を下げた彼に、いやいやと笑顔で応じる。

本当は、一刻も早く部屋を出たかった。ただ、あまり急いで帰ると、進藤に不審に思われるかもしれない。そう考えた謙人は弁当を食べ終えた後もすぐには帰らず、他愛《たわい》ない世間話をした。さすがに進藤の目をまっすぐ見ることはできなかったけれど、いつも通り、今まで通り、とほとんど呪文《じゅもん》のように自分に言い聞かせ、必死で笑顔を作った。

しかしそれも限界に近い。顔に貼り付けた笑みの強度が、ひどく弱くなっているのがわかる。

「さっき聞いたことは誰にも言わんから。もちろんよっさんにも黙ってるし、がんばれよ」

はい、と素直に頷いた進藤は、わずかに首を傾げた。

「皆内さんに付き合《お》うてる人がおらんていうのは、言うてもええですか」

「言うて誰に」

「誰ってことはないですけど、誰かに聞かれた場合」

「ああ、それはええで」

おかしなことを聞くと思いながらも、謙人は頷いた。好きな人はいても恋人がいないのは事実だから、誰に知られてもかまわない。

すると進藤は、なぜかほっとしたように笑った。

「ありがとうございます」

「別に礼言われるようなことやない。俺はほんまに寂しい独りもんやからな」

冗談めかして言って、謙人は軽く手をあげた。

「そしたらな」

「はい。おやすみなさい」

おやすみ、と笑顔で応じてドアを開け、外に出る。

パタン、と背後でドアが閉まる音を聞きながら、謙人は三つ先にある自分の部屋へと歩き出した。

外は暗かった。マンションに戻ってきたとき明るかった空は、すっかり夜色に染まっている。雨が近いのか、湿気を多く含んだ重い風が吹きつけてきた。

――冷たい。

首筋や腕にあたる風は生ぬるいのに、頬にあたる風だけがひんやりと感じられて、謙人は顔に手をやった。

冷たいはずだ。濡れている。

いつのまにか涙があふれていた。懸命に歯を食いしばるが、止められない。

「……っ」

謙人は濡れた頬を乱暴に拭《ぬぐ》った。

何で泣く。何を泣くことがある。

進藤が好きになってくれないことは、最初からわかっていたではないか。永遠の片想いだとわかっていて、好きになったのは自分だ。傷つくこと自体がおかしい。

同じマンションに住んでいて良かったのか、悪かったのか。――誰にも泣き顔を見られずに自分の部屋へたどり着くことができたのは、良かったかもしれない。一向《いっこう》に止まらない涙を拭いながら鍵を開けて中へ入る。

後ろ手でドアを閉め、鍵をかけた途端に脚から力が抜けた。バッグを下ろす余裕《よゆう》も、靴を脱ぐ気力もなく、その場にずるずるとしゃがみ込む。

全身の感覚が麻痺《まひ》している中で、胸だけが裂《さ》けるように痛かった。

苦しい。息ができない。

「う……」

堪《こら》えきれずに嗚咽《おえつ》が漏れた。ずっと我慢していたせいだろう、咽《むせ》び泣《な》きが止まらない。

こんな俺の、どこが羨ましいんや。

ありえない期待をした上に勝手に傷ついて、何の非《ひ》もない友人に激しい嫉妬を覚えている。

本当に進藤が好きで彼の幸せを願うなら、進藤の好意が受け入れられるように祈るべきなのに、ふられてほしいと思う。うまくいかないでくれと願ってしまう。

進藤を好きになることを止めることもできず、だからといって進藤の幸せを祈ることもできず、告白することもできない。

俺は、最低や。


ピンポーン、というチャイムの音が聞こえて、謙人は目を覚ました。

南向きの窓のカーテン越しに、淡い光が見える。鈍《にぶ》い痛みを訴《うった》える頭に顔をしかめつつ、べツドヘッドの目覚まし時計に目をやると、針は五時をさしていた。

朝の五時か、夕方の五時か……。

進藤の部屋から帰ってきた後、散々《さんざん》泣いた。翌朝、泣きすぎたせいで目が腫《は》れてしまったので、大学もバイトも休まざるをえなかった。

バイトはシフトを交代してもらった。また、吉島と山室には、高校の同級生が遊びに来たと嘘のメールを送っておいた。具合が悪いと書いて、見舞いに来られたら困ると思ったのだ。面《めん》倒見《どうみ》の良い吉島なら、きっと来る。同じマンションに住んでいる進藤も来るだろう。まだ吉島とも進藤とも、今まで通りに向き合う自信がなかった。

幸いなことに、その日の一限は講義が入っていなかった。だから朝、姿を見せなくても、進藤に不審に思われることはなかったはずだ。

吉島らにメールを送った後、再び思い出したように泣けてきて、慌てて目を冷やした。気を紛《まぎ》らわすために飲んだ発泡酒《はっぽうしゅ》のアルコールも手伝って、何をしたわけでもないのに疲れきって眠ってしまったのは何時頃だったのか。時間も記憶も曖昧《あいまい》だ。

高校の頃に好きだった先輩が卒業したときでも、こんなには泣かなかった。

失恋で泣くて、ドラマとか小説の中だけのことや思てたけど、ほんまにあるんや……。

間の抜けたことをぼんやり考えていると、ピンポーン、とまたチャイムが鳴った。

ハッと顔を上げる。間を置かず、コンコン、とノックの音もした。

「皆内さん」

全身が強張《こわば》る。進藤の声だ。

「皆内先輩、お留守ですか？」

続けて聞こえてきたのは、若尾《わかお》の声だった。二人が訪《たず》ねてくるということは、夕方の五時なのだろう。

どないしょう。

出るべきか、出ないでおくべきか。

ちゅうか進藤はともかく、何で若尾が来るんや。よっさんとかムロやないんか。

またチャイムが鳴った。続けて、皆内さん、と呼ぶ進藤の声がする。そこに心配そうな響きを感じとって、謙人は無意識のうちに立ち上がった。足がふらふらと玄関に向く。

進藤が心配してくれた。――それだけのことが、弱った心に震えるほど嬉《うれ》しい。

はい、と応じた声が掠れた。慌てて咳払《せきばら》いをしてドアを開ける。

たちまち湿気を含んだ生ぬるい空気が肌にまとわりついてきて、謙人は止まっていた時間が突然流れ出したような錯覚《さっかく》を覚えた。

立っていたのは、やはり進藤と若尾だった。進藤の顔を見る勇気はなかったので、彼の首の辺りをちらと見た後、敢《あ》えて若尾に視線を据《す》える。

「二人そろてどないした」

できる限り明るい声を出したつもりだったが、声の掠れはそのままだった。散々泣いたのだから当然だろう。

「どないしたって、皆内さんずっと携帯の電源切ってたでしょう。昨日はともかく今日も大学来てへんから、何かあったんか思て」

進藤の言葉に、若尾が何度も頷く。

謙人は瞬《まばた》きをした。確かに携帯電話の電源はオフにしておいた。電話であれメールであれ、相手が誰であろうと応じられる状態ではなかったからだ。

「心配て、よっさんとムロにメール入れたけど」

「それは昨日の朝でしょう」

心配そうな進藤の問いかけに、昨日？　と間の抜けた声をあげてしまう。昨日は一日泣いて、今日は結局、朝から夕方までずっと眠りこけていたようだ。

「あー、そおや。そおやった。酒飲んでたら時間の感覚がなくなってしもて」

ハハハと笑ってみせると、若尾はほっとしたように微笑んだ。

一方の進藤は、顔を曇らせたまま尋ねてくる。

「酒飲んでたて、友達はもう帰らはったんですか？」

「ああ、うん」

曖昧に頷きつつ、謙人は鈍くなっている思考力を懸命に働かせた。そういえば、昨日から高校の友達が遊びに来ていることになっていたのだ。自分でついた嘘だ。辻褄《つじつま》を合わせなくてはならない。

「こっちの都合も考えんと急に来よるもんやから、振りまわされてしもて。心配してくれたんか。ごめんな」

進藤と若尾、どちらにというわけではなく謝ると、いえ、と若尾が応じた。

「何もないんだったらよかったです。あの、私が悪かったんです」

いつになくはっきりとした口調に驚いて、謙人は改めて若尾に視線を据えた。薄く化粧を施《ほどこ》した白い顔が、夕日に染まって赤く見える。

「先輩たちは昨日メールがきたんだし、一日休んだぐらいで大袈裟《おおげさ》だって言ったんです。一年のときはそういうこともあったからって。でも皆内先輩がサークルに顔出されないのって珍しいから、私、心配になっちゃって。それで進藤君に無理言って連れてきてもらったんです」

一息にそこまで言った彼女に半《なか》ば圧倒《あっとう》されながらも、謙人は微笑んだ。

「そか、ありがとう。若尾は優しいなあ」

思った通りのことを言っただけだったが、若尾はそれとわかるほど赤くなった。かと思うとうつむいてしまう。

そういや若尾て進藤が好きやったっけ。

好きな男の前で褒められたら、それは嬉しいだろう。けれど。

——俺と同じ失恋や。

そう思うと、進藤の横にいる彼女に妙な親近感が湧《わ》いた。いや、親近感というより自己憐憫《じこれんびん》に近い感情かもしれない。若尾、と謙人は優しく呼んだ。

「わざわざ来てもろて申し訳ないし、送ってくわ。進藤もすまんかったな」

言ってスニーカーをつっかけると、皆内さん、と呼ばれた。

「飲みすぎたんでしょう、顔色が良うない。若尾は俺が送ります」

ぶっきらぼうながらも気遣ってくれているとわかる進藤の口調を、嬉しいと思うと同時に恨めしくも思う。

俺を好きやないのに、そんな言い方されてもな……。

「飲んでたけど、別に平気やで」

笑顔で一歩踏み出した途端、言葉とは裏腹に膝《ひざ》が笑った。足がふらつく。咄嗟《とっさ》に壁に手をつくと同時に肩をつかまれ、広い胸にしっかり支えられた。

「危ない。どこが平気なんですか」

頭上から聞こえてきた声が、触れた体からも直接聞こえてきて、謙人は目眩《めまい》を感じた。

進藤に抱えられている。

肩をつかむ骨太な指と、腕に触れた硬い胸の感触に、滑稽《こっけい》なほど心臓が躍《おど》った。カッと顔も熱くなる。

謙人は思わず腕を突っ張って進藤を引《ひ》き剝《は》がした。赤くなっているだろう顔に気付かれたくない。

「ごめん。ちょっと立ちくらみした」

いささか乱暴になってしまった動作をごまかすために笑って言うと、進藤は眉を寄せた。

「もともと立ってて立ちくらみですか」

「う……」

冷静なツッコミを入れられて言葉につまる。何か言い返さなければと焦《あせ》ったそのとき、あの、と若尾が遠慮がちに声をかけてきた。

「皆内先輩、休んでください。私、一人で帰れますから」

「や、けどもう夕方やし」

「大丈夫です。まだ明るいし、それにここからそんなに遠くないんです」

「あー、一人暮らしのお祖母ちゃんちに下宿してるんやったっけ。大学から近いんやったな」

以前、話のついでに聞いたことを思い出して言うと、はい、と若尾は頷いた。なぜか嬉しそうな彼女を、進藤が見下ろす。

「若尾、俺が送ってくからちょっとそっちで待っててくれ」

手で廊下を示した進藤に、うんと若尾は素直に応じた。お邪魔しました、と丁寧《ていねい》に頭を下げ、少し離れた廊下へと移動する。

ありがとうな、と若尾に返して、謙人は進藤の顎《あご》の辺りをにらんだ。とても顔を正視できなかったのだ。もう体のどこにも触れられていないというのに、まだ頬が熱い。

「おまえ、何を勝手に仕切っててんねん」

「そんな二日酔いの冴《さ》えん顔で送ってったら、お祖母さんの不信感を煽《あお》るだけです」

淡々と言った進藤は、ちらと若尾に視線を投げた後、彼女に背を向けた。一歩こちらに踏み出し、声を落とす。

「俺が一昨日《おとつい》話したことと二日酔い、関係ありますか」

――めちゃめちゃある。

そう思ったことを、謙人は表に出さなかった。どうやら進藤は、謙人が本当は吉島を好きなのではないかと疑っているらしい。いかにも異性のみを恋愛対象にしている男の発想だが、とんだ勘違いだ。

謙人は敢えて意味がわからない、という表情を作った。

「関係て何がや」

問い返すと、進藤はほっと息をつく。

「関係ないいんやったらええんです。タイミングがタイミングやったから、ちょっと気になって」

つぶやくように言った唇から、整った白い歯がわずかにこぼれた。笑ったのだ。きっと彼の目尻には、魅力的な皺《しわ》が刻まれていることだろう。

ズキ、と胸が強く痛んで、謙人は愕然《がくぜん》とした。

失恋したというのに、好きな気持ちは少しも変わらない。

こんなん、不毛通り越して救いようのないアホやないか……。

「気ぃ遣わしたみたいで悪かったな」

不審に思われたくない。嫌われたくない。

その一心で明るく言うと、いえ、と進藤は首を横に振った。

「若尾は俺が責任もって送ってきますから、皆内さんはゆっくり休んで酒抜いてください。そしたら、お邪魔しました」

躊躇《ちゅうちょ》することなく踵《きびす》を返した彼に、謙人は思わず、あ、と声をあげた。

行かないでくれ。側《そば》にいてくれ。

そうした思いが、無意識のうちに声になって出てしまった。

「何ですか？」

振り返った進藤の顔が視界の中心に飛び込んできた。不意打ちだったため、まともに目が合ってしまう。

逆光のせいで、精悍な面立ちには濃い影が落ちていた。その影が彼の鋭い輪郭《りんかく》を、更に凛々《りり》しく見せる。

進藤の顔を見ていられなくて、謙人は咄嗟に下を向いた。

「……あ、や。あの、車に気ぃ付けてな」

うつむき加減のまま、それでも無理やり明るい声で言うと、進藤は小さく笑った。

「小さい子供やないんですから」

「せやけど若尾もおるし。若尾、ありがとうな。気ぃ付けて帰れよ」

外にいる若尾に手を振ると、彼女はまたペコリと頭を下げた。それを確認して、進藤の背を叩く。

「そしたらな、頼んだぞ」

はいと頷いて、進藤は再び踵を返した。

が、先ほどとは違って、なぜか肩越しにこちらを振り向く。

わ、何やねん。

またしても不意打ちだ。まさか彼が振り返るとは思わず、ぼんやりしていた謙人は、慌ててニッコリ笑ってみせた。

すると進藤もわずかに目で笑った。すぐ出て行くかと思いきや、なぜかじっとこちらを見つめてくる。どうにか笑顔を保ったままでいると、進藤はようやく背を向けた。今度は振り返ることなく外へ出てゆく。

黒のTシャツに包まれた広い背中を、謙人は黙って見送った。もう声をあげることはなかった。

視界から進藤が消えた途端、長いため息が漏《も》れる。今し方まで進藤が立っていた場所から目を離すことができなくて、ドアを開けたまま上がりかまちに腰を下ろした。膝を抱えて外を見つめていると、温《ぬる》い風が頬を撫《な》でる。

明日から、今みたいに気さくなええ先輩を演じなあかんのや……。

明日は土曜だから、正確には週が明けた月曜からである。進藤に不審に思われないためには、一限がある日の早起きをやめるのは良くない。少しずつ回数を減らすとしても、夏休みまでは進藤と二人で大学へ通うしかないだろう。

そして最も厄介《やっかい》なのは、進藤の恋を積極的に応援しないまでも温かく見守る、というスタンスをとらなくてはならないことだ。吉島とも、今までと同じように親しくしなければならない。

少しずつ強くなってきた風に吹かれながら、謙人は途方に暮れた。

俺に、そんなことができるやろか……。

「よし」

玄関口で自分の服装をチェックした謙人《けんと》は、一人頷いた。

月曜の朝。必修ではないが、一限から講義が入っている。謙人は先週までと同じように、七時に起きて身支度を整えた。

土曜は丸一日、バイトに精を出した。日曜も午後から夜まで働いた。そうして無理やり体を動かしたことで、ほんの少しではあるが、気持ちが前向きになった。

できるやろか、やない。せなあかんのや。

そう思ったのだ。

進藤《しんどう》は何も悪くない。もちろん吉島《よしじま》も悪くない。自分の勝手な感情で、新入生も含めてうまくいっているサークルの和を乱すわけにはいかない。

服装のチェックを終えた謙人は、いつもはかけていない眼鏡《めがね》を、改めてかけ直した。視力は良い。セルフレームの眼鏡は伊達《だて》である。裸眼《らがん》よりは表情や視線をごまかせるだろうと思い、かけることにした。たまにアクセサリー感覚で身につけていたので、不自然には思われないはずだ。

「よし」

再び気合を入れた謙人は、思い切ってドアを開けた。次の瞬間、ドアの前に立っていた長身の男とバチリと目が合う。

「わっ」

予想外の出来事に、謙人は思わず声をあげて後退《あとずさ》った。

一方の男――進藤は動じる様子もなく、おはようございます、とぶっきらぼうに挨拶《あいさつ》する。

「お、おはよう。あーびっくりした。何やねんおまえ」

謙人は早鐘《はやがね》を打っている胸を撫《な》で下《お》ろした。

マジでびっくりした……。

今まで、進藤がドアの前で待っていたことは一度もない。なぜなら、時間を決めて待ち合わせていたわけではないからだ。謙人が進藤より少し早めに部屋を出て、偶然一緒になった風を装《よそお》うのが常だった。

今日もいつも通りの時刻に出たはずだ。不自然にならないように時計を気にしていたから間違いない。どうやら進藤の方が早めに部屋を出たらしい。

「わざわざ待ってるてどないしたんや」

どうにか気を取り直して外へ出ると、進藤は眉を寄せた。

「どないって何となく。皆内《みなうち》さん、また休むんとちゃうか思《おも》て」

「はあ？　いくら俺が酒好きやからって、そない何回も飲んだくれへんちゅうの」

明るい声で言いながら、謙人はポケットから鍵を取り出した。予想外の出来事に、待っていてくれて嬉《うれ》しいと思う余裕《よゆう》もない。焦《あせ》って鍵穴に鍵を差し込むと、手元に進藤の視線を感じた。いつもは進藤が鍵を閉めるのを見る立場なのに、今日は見られている。

うわ、緊張する。

ただでさえ平静でいられる自信がないのだ。肝心《かんじん》の進藤にいつもと違う行動をされては、どうしていいかわからない。

急いで鍵をポケットにしまった謙人は、眼鏡をかけ直すふりをしつつ進藤に向き直った。

「待っててくれて頼んでへんけど、一応お待たせー」

「……かわいいない」

「アホ。俺にかわいさを求めんな」

顔をしかめた進藤に笑って、謙人は歩き出した。つられるように進藤も歩き出す。

並んで歩を進めながら、謙人は眼鏡をかけてきてよかったと心の底から思った。笑顔が多少不自然でも、太いフレームがごまかしてくれる。

沈黙が落ちるのが怖くて、謙人は自《みずか》ら進藤に話しかけた。

「こないだは、わざわざ来てくれて悪かったな。ちゃんと若尾《わかお》送ったってくれたか？」

はい、と進藤は頷く。

「大学から近かったんで、そない時間かかりませんでした」

「そか。ごめんな、ほんまは俺が行かなあかんかったのに」

「礼を言われるようなことやないです。若尾は俺に無理言うて連れてきてもろたて言いましたけど、様子見に行きたいて言うた若尾に便乗《びんじょう》したん、俺の方ですから」

「便乗？」

前を向いたまま尋《たず》ねると、ええと進藤はまた頷いた。横顔に一瞬、視線を感じる。

「言うたでしょう、気になったたて」

「ああ、それな」

わざわざ待ってたんは、まだそのこと気にしてるからか……。

失望と自嘲《じちょう》が、同時に胸に湧《わ》いた。

進藤は、謙人の自主休講に自分が関わっているかもしれないと考えたから待っていただけだ。三日前も今朝も、純粋に謙人を心配して来たわけではない。もし自分が関わっていなければ、きっと様子を見に来ることなどなかっただろう。

それが普通や。

進藤には直接連絡しなかったが、共通の友人には休むとメールを送ったのだ。小さな子供ではあるまいし、一日か二日大学を休んだぐらいで、大の男を心配する方がおかしい。

「や、ほんまタイミング悪うて悪かった。進藤にもメール入れたらよかったなあ」

言いながら、謙人は進藤を見上げるふりをして眼鏡の太いフレームを見た。フレームの向こう側にある進藤の顔は、敢《あ》えて見なかったことにした。

「けどおまえ案外気にしぃやなあ。俺がほんまはよっさんのこと好きやのに、嘘言うたとでも思たんか」

「まあ……」

言葉を濁《にご》した進藤に、ハハ、と謙人は声に出して笑った。

「それやったらちゃんとそう言うて。ちゅうか好きやったらもうとっくにコクって、ふられるなり付《つ》き合《あ》うなりしてるがな。よっさんとは一年以上一緒におるんやからな」

そこまで言って、あ、と声をあげる。

「俺がいっぺん告白したけどふられて、そんでもまだ好きでおるとか思たんか？」

はあ、まあ、と進藤は曖昧《あいまい》な返事をする。はっきりとした物言いをする彼らしくない。どないしたんやろ。告白を前に弱気になってるとか。

相手はよっさんやしな……。

勝気で強くて、生半《なまなか》な男より男らしい彼女に真《ま》っ向《こう》から告白するのは、確かに相当な勇気がいりそうだ。

胸の痛みに歪《ゆが》んだ頬を苦笑で覆《おお》い、謙人は真面目な口調で続けた。

「それは激しすぎる誤解や。あの人は俺の好みから完全にはずれとる。せやから安心せえ」

はあ、と進藤はまた曖昧な返事をする。

「安心は、してるんですけど」

「けど、何や」

「何かすっきりせんくて」

つぶやくような言い方に、謙人は首をすくめた。もちろん前を向いたままだ。

「それはコクってへんからや。思い切って言うたらすっきりするんとちゃうか？」

「そうですかね」

「そうですよー。よっさん黙ってたら美人やからなあ。さっさとコクらんと他の奴にとられてまうかもしれんぞ」

そうですかね、と同じ言葉をくり返した進藤の声は、やはりすっきりしないものだった。顔を見ていないので表情はわからないが、きっと眉を寄せているに違いない。

「そうですかねて、ノンキやなあ。言うとくけど、俺は伝えたりせんからな。自分でとっととコクりに行け」

「当たり前です。そんな大事なこと人に頼みません」

ようやくいつものきっぱりとした物言いに戻った進藤に、謙人は笑った。じんと胸が熱くなる。

おまえのそういうとこ、やっぱり好きや。

「そうしてくれ。あ、けどメールとか電話はあかんぞ。よっさん、携帯で大事なこと伝えんの嫌いやからな。直接言うた方がええ」

あくまでも『気さくな先輩』の口調で言いながら、ふと思う。

進藤がよっさんに告白して、二人が付き合《あ》うことになったら、俺はどないしたらええんやろ。

今以上に、あらゆる感情を取り繕《つくろ》わねばならないだろう。進藤といるときは、眼鏡が手放せなくなりそうだ。

四月からこちら、進藤と歩く道は、たとえ雨の日でも明るく輝いて見えた。

しかし今は曇《くも》っている空だけでなく、目に映るもの全てが灰色だった。


「あ、ミナ先輩、新しい眼鏡やー」

サークル部屋へ入るなり迫田《さこた》に声をかけられ、おう、と謙人は頷いた。中にいたのは四年の男子学生と女子学生、そして迫田と吉島だ。四年の先輩二人はリクルートスーツを着ている。

ミナ、久しぶりー、と声をかけてきた先輩たちに、ちす、と謙人は頭を下げた。よ、という風に手をあげた吉島には、同じく手をあげて応《こた》える。胸の辺りが焦《こ》げるような感じがしたが、もちろん顔には出さない。

「ミナ、俺、第一志望ちゃうけど一社内定出てん」

嬉しそうに言った四年の男子学生に、マジすか、と謙人は声をあげた。

「おめでとうございます。そしたらお祝いせなあかんなあ」

すると、イヤー、と叫んで四年の女子学生が頭を抱える。

「お祝い飲み会はまだ早いでミナ。私はまだ全然や」

「それやったらお祝いやのうて、気晴らしに飲まはったらどうですか」

「ああ、魅惑の誘い……」

飲みましょう飲みましょうと酒豪《しゅごう》の彼女を誘っていると、迫田がしげしげと顔を見上げてきた。今日はスナック菓子の袋を手にしている。既に半分近くを腹に収めたようだ。

迫田の興味津々《しんしん》の視線を受けて、謙人はこげ茶色のセルフレームを指で動かしてみせた。

「似合うか？」

迫田は大きく頷く。

「似合いますー。レンズの周りはミルクチョコみたいやし、横んとこはビターチョコみたいで美味《おい》しそうー」

涎《よだれ》をたらさんばかりの物言いに、その場にいた全員が噴き出した。

「食うなよサコ。眼鏡は食うても旨《うま》ないからな」

苦笑して言って、謙人は吉島の隣に腰を下ろした。本当はあまり近付きたくないのだが、今まで通りにしないと、サークルのメンバーにも吉島にも不審に思われるので仕方がない。

進藤から吉島を好きだと聞いてから、一週間が経《た》った。昨日も今日も一限に講義が入っている日だったので、必死の思いで早起きした。そしてその二日とも、玄関のドアを開けた途端に進藤と目が合って、わっと叫んだ。結局進藤は、一昨日、昨日、今日と三日連続で謙人を待っていたのだ。

サークル部屋にいるときも、進藤はなぜか近くに寄ってくる。謙人の隣の椅子が空《あ》いていると、必ずそこに陣取《じんど》るのだ。用があるのかと思って、何やと尋ねると、別に、と素っ気《そけ》ない応えが返ってくる。が、離れてはいかない。そのまま側《そば》にいる。どうやらいまだに、謙人が吉島を好きなのではないかと疑っているらしい。

おかげで、ただでさえ平静を装うために眼鏡が手放せないと思っていたのに、余計にはずせなくなってしまった。昨日、バイトへ行く前に新しいフレームを買ったのも、ファッションの一環《いっかん》として身につけるのに、同じものばかりかけているのは不自然だと思ったからである。

進藤を好きな気持ちは、以前と少しも変わらない。薄れることも減ることもない。だから本当は一緒にいたい。目を見て話したい。

しかし自分以外を想っていることがはっきりしている進藤と、正面から向き合うのは辛《つら》い。以前より接近されて、神経は磨《す》り減《へ》るばかりだ。

せめて今まで通りにしてくれんやろか……。

知らず知らずのうちに漏《も》れそうになったため息をかみ殺していると、今度は吉島がじっと見つめてきた。

「その眼鏡も似合わんことはないけど、ミナにはもうちょっと華奢《きゃしゃ》なデザインの方が似合う思うなあ」

吉島の言葉に、せやな、と先輩二人も頷く。

「ミナの顔にはちょっと濃いかも。秋冬やったらええかもしれんけど、もうじき夏やしな」

「青とかグレーとか、もっと淡い色のがええんとちゃう？」

　口々に言われて、謙人は眉を八の字にした。濃い色を選んだのは、目の表情がよりわかりにくくなるからだ。

「買《こ》うたばっかやのにそんなこと言わんといてくださいよ。俺みたいな薄い顔は、濃いフレームやないと顔が余計《よけい》にぼやーっとするんです」

「それにしたって濃すぎやろ」

　吉島に眼鏡をつつかれたそのとき、ドアが開いた。入ってきたのは進藤だ。

　お疲れっす、と一同に挨拶した彼は、謙人と、謙人の眼鏡に触れている吉島に目をとめた。

　まずい。

　内心焦るが、今更吉島の手を振り払うわけにもいかない。どうしていいかわからなくて固まっていると、進藤が歩み寄ってきた。そしてなぜか、吉島ではなく謙人のすぐ横に立つ。

　またや。何で俺の側に寄んねん。

「何やってるんですか」

　ぶっきらぼうな問いかけに、吉島が応じる。

「進藤もこの眼鏡、ミナの顔には濃すぎる思うやろ？」

　眼鏡の弦《つる》をつかんで揺さぶる吉島に、やめぇやよっさんと抗議するが、手は離れない。

　その様子を見ていた進藤が眉を寄せたのが、視界の端で確認できた。精悍《せいかん》な顔に浮かんだのは、怒っているような不機嫌な表情だ。

そういえば今朝、玄関で顔を合わせたときも、進藤はこんな顔をした。

「皆内さん、最近ずっと眼鏡かけてはりますよね」

朝は聞かれなかったことを尋ねられ、体が強張《こわば》る。何か言い訳しなければと焦る間もなく、吉島が口を挟《はさ》んできた。

「そういやそうやな。何？　ミナ的に眼鏡ブームでもきてんの？」

「そう、ブームやねん」

ようやく眼鏡を離した吉島に問われ、謙人はここぞとばかりに大きく頷いた。進藤がこちらを見下ろしているのがわかる。ここは吉島の問いかけにのっておいた方がいい。

「いっぺんバイト先でかけたらえらい好評で。眼鏡かけた方がオトコマエに見えるらしいわ」

スナック菓子をシャクシャクと食べていた迫田が、あー、と頷く。

「わかりますー。ミナ先輩顔地味やけどオシャレさんやしー」

オシャレさんてサコ……、まあ確かにミナはオシャレさんやけどな、と先輩二人があきれたように、おかしそうに笑う。

一方の吉島は、改めてこちらを見つめた。

「まあ確かに、眼鏡かけたらちょっとはキリッとして見えるかも」

「ちょっとかい」

吉島にツッこんでから、あ、と謙人は声をあげた。

「俺今日バイトやったんや。忘れてた」

「ミナ、水曜てバイト入れてたっけ？」

「や、こないだ高校のツレが来たときにシフト交代してもろてん。その代わりに入れたん忘れてた」

早口で言って、バッグを手に立ち上がる。交代してもらった分は日曜にこなしたから、本当は今日はバイトなど入っていない。吉島の隣にいること、そして進藤に見つめられることに、これ以上耐えられなかったのだ。

謙人はドアに向かいつつ一同に手を振った。

「すんません、今日は帰ります」

おう、またな、さいならー、と各々《おのおの》返事をしてくれたメンバーに、不審がる様子はない。ほっとして踵《きびす》を返し、歩き出す。

しかし廊下を数歩も行かないうちに、背後《はいご》に気配を感じた。

肩越しに振り返ってぎょっとする。ついて来ていたのは進藤だった。

「アホ、せっかくよっさんの隣空《あ》けたったのに何でついて来んねん。早《は》よ戻れ」

早足で歩きながら小声で言うが、進藤はぴたりと後ろをついてくる。

「今日バイト入ってんの、ほんまなんですか」

詰問《きつもん》する口調に、へ、と謙人は間の抜けた声をあげてしまった。が、すぐに頷いてみせる。

「ああ、ほんまや」

「嘘でしょう」

「嘘ちゃうて」

「そしたら今日の夜に皆内さんのバイト先に行ったら、働いてはるんですね」

たたみかけるように言われて、謙人は眉を寄せた。嘘を見抜かれた決まり悪さもあったが、それ以上に彼の口調にムッとしたのだ。

何やねんその脅《おど》しみたいな言い方……。

進藤のぶっきらぼうな物言いには慣れているし、それが好きでもある。しかし、こんな風に人の神経を逆撫《さかな》でするような言い方は初めて聞く。感謝されても脅される覚えはない。

「おまえなあ、人が気ぃきかせたったのに何やねんその言い草」

横に並んだ進藤を、謙人は思わずにらんだ。

すると彼は、なぜかほっとしたような表情を浮かべた。が、それも一瞬で、すぐに顔をしかめる。

「そんなんしてもらわんでもええです。今まで通りにしてくれはったら」

今まで通り。

その言葉に、足が自然と止まった。つられたように進藤も歩みを止める。

――俺は、今まで通りにしてるつもりや。

早起きをして、進藤と一緒に大学へ行っている。大学までの道のりも普通に話している。進藤と顔を合わせなくてはならないとわかっているサークルにも出ているし、吉島のことも避けていない。

進藤に頼まれて、いつも通りにしているわけではない。全ては自分の勝手だ。

そうとわかっていても、怒りに似た激情が込み上げてくるのを止められなかった。

俺がどんな気持ちで今まで通りにしてるか、何も知らんくせに。自分が今まで通りやないくせに、何を言うてんねん……！

謙人はうつむき、拳《こぶし》を強く握りしめた。かみしめた奥歯が、口の中でキリ、と音をたてる。

「皆内さん？」

黙ってしまった謙人を不思議に思ったのか、進藤が気遣うように呼ぶ。

脅すみたいな言い方しといて何やねん。

「今まで通りやないんは、おまえやろ」

できる限り激情を抑《おさ》えたつもりだったが、声は震えてしまった。

「毎日待ってたり、やたら見たり、今かてこうやって追っかけてくるし。心配せんかて、俺はほんまによっさんのこと何とも思てへんし、何もせんから」

言い終えると同時に、しん、と沈黙が落ちた。その瞬間、廊下を行き交う学生が絶える。それぞれの部屋のドア越しに聞こえる、微《かす》かな笑い声と話し声だけが静かな廊下に響いた。

何で黙ってんのや。

何も言わない進藤に、どうしたのかと視線を上げようとしたそのとき、それは、と低い声が聞こえてきた。

「それは、わかってます。ただ、皆内さんが、今まで通りやないから」

……何やねん、その苦しそうな声。

苦しいんはおまえやない。俺や。

視線の先にある進藤のシャツの白がじわりと歪《ゆが》んで見えて、謙人は眉間に力を込めた。こぼれそうになる涙を堪《こら》え、冷静な声をどうにか絞《しぼ》り出《だ》す。

「何言うてんねん。同じやろ」

「違う」

「どこが違うんや」

「自分でやってることや、わかるでしょう。今もそうや。何で俺の」

進藤の大きな手が謙人の腕をつかもうとしたそのとき、ミナ先輩、進藤、と呼ぶ声が聞こえた。ハッと振り向くと、一年の男と若尾が並んで歩いてくる。

渡りに舟とばかりに、おう、と謙人は彼らに手をあげてみせた。

「あれ、ミナ先輩カバン持ってる。もう帰らはるんすか」

「せやねん。バイト入ってんの忘れてて、今から帰るとこや。そしたらまたな」

笑顔で言って、すかさず駆け出す。あ、という声が二つ聞こえた。ひとつは若尾。もうひとつは、進藤。

しかし謙人は振り返らなかった。走る足を歩みに変えることもなく、進藤がいるサークル棟《とう》から全速力で遠ざかった。


翌日は一限に講義が入っていなかったため、早起きをすることはなかった。当然、朝から進藤と顔を合わせることもなかった。二限は自主休講にして、十時すぎに起きて食事もとらずにマンションを出た。

よう考えたら、失恋ておかしいよな……。

構内にあるカフェで一人、オムライスをもそもそと食べながら思う。旨《うま》いと評判の人気メニューだが、先ほどから味がしない。湿度の高い外とは違って快適に保《たも》たれているはずのカフェの空気も、ひどく重く感じられる。

窓際に植えられた桜の木の隙間から見える曇り空を、謙人はぼんやり眺めた。

進藤に好きな人がいようがいまいが、望みがないことに変わりはない。進藤が吉島を好きだと知る前から、己の想いは不毛《ふもう》だと何度も感じていたのだ。最初から失恋しているようなものである。

昨日、逃げるようにサークル棟を出た後、進藤から連絡はない。部屋を訪《たず》ねてくることもなかった。携帯を使ってまで連絡をとるような用事がなかったので、今までにも彼から電話やメールをもらったことはほとんどない。だから連絡がなくても不自然ではないのだが、謙人は落ち込んだ。

また勝手に期待してたんやな、俺……。

オムライスをスプーンに載せた謙人は、ため息を落とした。

昼間は変なこと言うてすんませんでした。もう吉島さんが好きちゃうかて疑《うたご》うたりしませんから、機嫌直してください。――進藤がそんな風に謝ってきてくれることを期待したのだ。浅ましい。

昨日の謙人の態度を不快に思ったから、進藤は連絡をよこさなかったのだろう。話し合って関係を修復するより、時間と距離を置くことを選んだのだ。進藤らしくないといえばらしくないが、普通の男友達同士なら、そんなものかもしれない。

けど、こんでよかったんかも。

側にいられないのは辛いが、時間と距離を置けば、彼の恋愛を間近で見なくて済む。また、もっと時間が経《た》てば、少しは進藤への想いも薄らぐかもしれない。そうすれば、彼の目を見られるようにもなるだろう。

今もそうや。何で俺の。

ふいに進藤の苦しげな物言いが耳に甦《よみがえ》って、謙人は眉を寄せた。

進藤、何であんな言い方したんやろ。

腕をつかもうと伸びてきた、骨太《ほねぶと》で大きな手の映像が脳裏《のうり》に浮かぶ。ふらついたところを支えてくれたときに、肩に触れた感触が思い出された。力強くて、しなやかな指だった。

「皆内先輩」

ふいに背後から声をかけられ、謙人は驚いた。

いつのまにか肩に触れていた手を慌てて離す。

振り返ると、花柄のワンピースを着た若尾が歩み寄ってくるところだった。手にしたトレイにはアイスティーが載っている。

「おう、若尾。一人か？」

咄嗟《とっさ》に笑顔を作ると、彼女は頷いた。

「休講で。先輩もお一人ですか？」

「うん。座るか？」

声をかけてきたのだから、一人でいたいわけではないだろう。そう思って空《あ》いた前の席を手で示すと、はい、と若尾は素直に頷いた。トレイをテーブルに下ろし、正面の椅子に腰かける。

あ、ええ香り。

女性らしいフローラル系の香りだ。肩の辺りで巻いている長い髪も、淡いピンクの石がトップについたネックレスも、柔らかな彼女の雰囲気に合っていて愛らしい。

失恋したんは若尾も同じやけど、若尾と俺は全然ちゃう。

何しろ若尾は女性だ。最初から失恋というわけではない。

「私、何かおかしいですか」

不安そうに尋ねられ、謙人は我に返った。知らず知らずのうちに凝視《ぎょうし》していたことに気付いて、急いで笑みを浮かべる。

「全然おかしいないで。若尾カワイイなー思て」

え、と若尾は声をあげた。かと思うと真っ赤になる。色が白いので、化粧をしていても顔色の変化はすぐにわかった。

その反応に、謙人は慌てた。

「あ、ごめん。変な意味やないからな。見たままを言うただけや」

大きく両手を振って謝ったが、若尾はうつむいてしまった。緩《ゆる》くウェーブがかかった髪の隙間から覗く小さな耳まで赤くなっている。また変な言い方をしてしまったらしい。

ごめんと焦って謝りながらも、カワイイなあ、と改めて謙人は思った。同じように思っているらしい男の視線が、カフェのあちこちから飛んでくるのがわかる。同時に、彼女と向き合っている謙人には、羨《うらや》ましげな視線が突き刺さる。

自分は女性を好きにはなれないけれど、彼女らを好きになる男性の気持ちはわからないでもない。

「あの……、皆内先輩も、かっこいいです」

顔を下に向けたまま小さな声で言った若尾に、謙人は笑った。

「お、うまいな若尾。ここんとこ地味とか薄味とか散々な言われようやったから、世辞でもカッコエエ言うてもらえて嬉しいわ」

冗談めかして言うと、若尾はようやく顔を上げた。目許《めもと》を赤くしたまま、じっとこちらを見つめてくる。

「今日は、眼鏡かけてないんですね」

「え？　ああ、うん」

今日はバイトが入っているし、サークルには顔を出さないつもりだ。進藤と会うことがないので、必要ないと思ってかけてこなかった。

「昨日かけてた眼鏡、濃すぎるとかいうて不評でな。とりあえず夏用にもうひとつ買おうかなあ思て」

「昨日のも似合ってましたよ」

「そか？　そう言うてくれるんは若尾だけや。サコはチョコみたいで旨そうとか言いよるし」

迫田らしいと思ったのだろう、クスクスと一頻《ひとしき》り笑ってから、若尾はふいにまっすぐ見つめてきた。

「皆内先輩、進藤君と何かありましたか？」

唐突に出てきた進藤の名前に、ギクリと全身が強張る。それを若尾に悟《さと》られないように、謙人は皿におろしていたスプーンを手にした。

「何て、何もないで。何で？」

三分の一ほど残ったオムライスをスプーンに載せつつ、明るい口調で尋ねる。声に動揺が表れなかったことにほっとしていると、ストローの袋を開けていた若尾は小さく首を傾《かし》げた。そしてつぶやくように言う。

「何もないんだったらいいんですけど、昨日の帰り際《ぎわ》ちょっと変だったし……。進藤君も、あれから凄《すご》く不機嫌っていうか、落ち着きがないっていうか」

「まあ、あいつも人間やからな。そういう日もあるんとちゃうか？」

「それは、そうなんですけど。もしかしたら私のせいかもと思って……」

口ごもった若尾に、オムライスを口に入れたところだった謙人は瞬《まばた》きをした。

なぜ若尾が進藤の不機嫌の原因なのか。

進藤に告白したとか？　進藤はよっさんが好きやから断るやろけど、断って多少気まずうなることはあっても、別に進藤が不機嫌になることはないよな。

一瞬で様々なことを考えていると、若尾は意を決したように顔を上げた。こちらに向けられた視線は、いつになく真剣だった。

「私、進藤君に、皆内先輩にカノジョがいるかどうか聞いたんです。進藤君、一年の中で一番皆内先輩と仲がいいから」

謙人は再び瞬きをした。

何で若尾が、俺に付《つ》き合《お》うてる人がおるかどうか聞くねん。

謙人の疑問をよそに、若尾は堰《せき》を切ったように続ける。

「進藤君、いないと思うけど本人に直接聞いてみたらって言いました。そんな勇気ないって言ったら、ちょうど皆内先輩に相談したいことがあるから、付き合ってる人がいるかいないかだけは聞いてくれるって言ってくれて。あ、でも後は自分で告白しろって言われました」

そこまで聞いて、謙人はようやく若尾の気持ちを理解した。

若尾は、俺が好きなんや。

……全然気付かんかった。

「それで、皆内先輩にカノジョはいないって教えてくれたんです。でも次の日ぐらいから、進藤君の様子がおかしくなっちゃって。皆内先輩とも何だかぎくしゃくしてるみたいだし、私が余計なことを頼んだせいじゃないかと思って……」

次第に小さな声になっていった若尾は、最後にはとうとう黙り込んでしまった。

皆内さんに付き合《お》うてる人がおらんていうのは、言うてもええですか。

進藤の言葉が思い出された。あれは、若尾に教えていいかという確認だったのだ。

ともあれ、進藤と自分がぎくしゃくし出したことと、若尾は無関係である。

謙人はスプーンを置き、改めて若尾に向き直った。若尾、と呼ぶと、項垂《うなだ》れていた彼女はちらと視線を上げる。目がわずかに赤い。ひょっとするとここ数日、彼女なりにずっと悩んでいたのかもしれない。

ええコやな、と思う。真面目で素直で、いい子だ。

わずかに潤《うる》んだ瞳に、謙人はニッコリ笑ってみせた。

「俺と進藤は別にぎくしゃくしてへんから、若尾は何も気にすることないで」

「でも……」

「ほんまに気にすることないて。進藤もすぐいつも通りに戻る思うから。な」

優しく言うと、若尾はこくりと頷いた。どこかあどけないその仕種は、やはり愛らしい。

若尾を好きになれたら、どんなによかっただろう。好きになってくれた人を同じように好きになれたら、誰も傷つけることなく、自分も傷つくことなく、皆幸せになれるのに。

それでも、好きなのは進藤だ。報《むく》われなくても、望みがなくても。

あとな、と謙人はゆっくり続けた。

「俺、カノジョはおらんけど、好きな人はおるんや」

若尾が息をつめたのがわかった。

どんなに柔らかな声で告げようと、自分の言葉は鋭《するど》いナイフのように彼女の心を傷つける。そうとわかっていても、言わないわけにはいかない。

「ごめんな」

若尾が息を飲む気配がした。

一人にした方がいいか。あるいは、このまま見守った方がいいか。決めかねていると、若尾はふと息を吐いた。

「……その人、皆内先輩のこと好きじゃないんですか?」

「うん。他に好きな人がおる。俺の片想いや」

正直に答えると、そうですか、と彼女はつぶやいた。

「うまく、いきませんね」

「せやな」

「でも私、正直に言うと、今ちょっと嬉しいです」

「何で?」

「先輩が、好きな人とうまくいってないってわかったから」

若尾らしからぬつっけんどんな物言いに、謙人は小さく笑った。本当に正直な気持ちを言ったのだろう彼女に、腹は立たなかった。

自分のことを好きになってくれなくても、好きな人には幸せになってほしい。

建前《たてまえ》ではなく、本当にそう思えるようになるまでには時間がかかる。もしかすると、心の底から思うのは一生無理かもしれない。

「先輩、私にケーキ奢《おご》ってください」

素《そ》っ気《け》なく言って、若尾は顔を上げた。涙はないが、今にも顔が歪みそうだ。それをごまかすように、彼女はニッコリと笑った。

「ここの一番高いケーキ、奢ってください」

謙人にケーキを奢らせることで、若尾がとりあえず気持ちの整理をつけようとしているのがわかって、胸が痛んだ。

けど俺には、どうすることもできん。

できるのは、ささやかな彼女のわがままに付き合うことだけだ。

「一番高いのか。二番目ではあかんのか？」

わざと眉を八の字に曲げると、だめです、と若尾はすまして答える。

「一番高いのです」

「……わかりました。一番高いのにします」

神妙《しんみょう》に答えると、若尾は笑った。謙人も寄せていた眉を解《と》いて笑う。

「そしたら、買《こ》うてくるな」

椅子から腰を上げたそのとき、ふと視線を感じた。反射的に窓の外へ目を遣《や》る。数メートル離れた場所に立っていたのは進藤だった。まともに目が合ってしまって、体も顔も強張る。

一瞬の間があったものの、謙人はこちらを見つめる男に慌てて笑顔を作った。

しかし進藤は笑わなかった。それどころか眉間《みけん》に深く皺を寄せ、視線をそらす。そのまま会《え》釈《しゃく》することも手を振ることもなく、素早く踵を返してしまった。広い背中は一度も立ち止まらない。あっという間に遠ざかる。

その一部始終を、謙人は凍りついたように見つめていた。実際、全身がひどく冷たかった。ドクドクと不穏な音をたてる心臓だけが熱い。

……そんなに嫌われたんか、俺。そんなに嫌われるようなことしたか？

昨日は確かに、話の途中で逃げ出すような真似をした。とはいえ挨拶を無視されるほど、ひどい言い争いをしたわけではない。ちょっとした行き違いが起こっただけで、嫌われたわけではない。——そんな風に思っていたのは、自分だけだったのか。

「皆内先輩？　どうかしましたか？」

若尾に呼ばれて、謙人はハッと我に返った。不思議そうにこちらを見上げる彼女に、咄嗟に笑顔を向ける。

「や、何もないで。今買《こ》うてくるから、ちょっと待っててな」

早口で言って、謙人は席を離れた。今し方見たばかりの進藤の険《けわ》しい表情と、みるみるうちに遠のいていった広い背中が、目の前をちらつく。

進藤を好きな気持ちを、彼に告げたわけではない。進藤に好きな人がいるとわかっても今まで通り、普通の先輩後輩のように話した。むしろ、やたらと側に寄ってきたり見つめたりと、態度を変えたのは進藤の方だ。

それなのに、何がだめだったのか。何が彼の気に障《さわ》ったのか。

近付いてきたカウンターが、じわ、と歪んで見えて、謙人は慌てて手の甲で目許を拭《ぬぐ》った。

俺にはわからん……。

わからないけれど、まるで二度目の失恋をしたかのようにショックだった。

「ミナっちお先」

同じシフトに入っていたバイト仲間に肩を叩かれた謙人は、お疲れさんです、と慌てて返した。いつのまにか着替えの手が止まっていたことに、そのとき初めて気付く。

昨日の昼間、進藤に背を向けられてからずっとこの調子だ。大学のカフェでケーキを買ってテーブルに戻った後も、若尾に大丈夫ですかと何度も聞かれた。

「皆内、今日はぼうっとしてんなあ。珍しい」

隣で着替えていたひとつ年上の大学生が苦笑する。一週間ほど前、シフトを交代してくれた男だ。すんません、と謙人は力なく謝った。

ぼんやりしていて客が入ってきたことに気付かず、接客《せっきゃく》が遅れ、彼を含めたバイト仲間にフォローしてもらうこと数回。このカフェバーでバイトを始めて約一年が経つが、新人の頃でもしなかった凡《ぼん》ミスだ。

「謝るほどのことやないけど、顔色が良うないんはほんまや。早《は》よ帰って休め。おまえ目当ての女の子らが心配そうな顔しとったぞ」

お疲れ、と手を振って更衣室を出てゆく彼に、お疲れさんです、と頭を下げる。

狭い更衣室に一人残されたことを幸いに、謙人は長いため息を落とした。のろのろとシャツのボタンをとめる。

そういえば今日、常連の女性客数人にやたらと見られているように感じた。

あの人ら、俺目当てやったんか……。

知らなかった。自分は恋愛感情に関して決して鈍《にぶ》くはないと思っていたけれど、実は相当鈍いのだろうか。実際、進藤が吉島を好きなことも、若尾に想いを寄せられていたことも、少しも気付かなかったのだ。進藤を好きな自分の気持ちでいっぱいいっぱいで、周りが見えていなかったのかもしれない。ひょっとしたら、肝心の進藤自身のことも。

今日はもともと一限に講義がない日だったので、朝、進藤と顔を合わせることはなかった。バイトがあってサークルに出なかったせいもあるだろうが、大学でも会うことはなかった。当然連絡もなく、進藤に嫌われたと確信を持った謙人は、ますます落ち込んだ。

そしたら今日の夜に皆内さんのバイト先に行ったら、働いてはるんですね。

違う。今もそうや。何で俺の。

進藤の脅すような物言いと、ひどく苦しそうな声が思い出された。昨日見た、踵を返す寸前の険しい表情も脳裏に浮かぶ。

青竹のようにまっすぐで濁《にご》りのない男だと思っていたけれど、きっと本当の彼はそれだけではないのだ。

――当たり前か。進藤かて人間や。

鈍い自分は恐らく、気付かないうちに彼を怒らせるようなことをしてしまったのだろう。

とりあえず明日は土曜だから、進藤と顔を合わせる心配はない。問題は、来週からどうするかだ。

早起きは、もうせん方がええな。

謙人はぼんやりしたまま更衣室を出た。険しい表情を見せられて、無視された。そんな状態で、進藤と肩を並べて大学へ向かう勇気はない。

「おう、皆内」

漸《ようよ》う従業員用の出入り口にたどり着いたところで、厨房の方から店長が歩いてきた。お疲れさんですと下げた頭を、彼に軽く叩かれる。

「おまえ今日ぼんやりしすぎや」

「すんませんでした……」

「俺みたいに仕事にはプライベートを持ち込まん男にならんと、一人前とは言えんぞ」

神妙に謝った謙人に、店長は冗談まじりに言う。今までにないミスをしたせいだろう、気遣われていることがわかって申し訳ない気持ちになる。

「けど店長、こないだ娘さんのお受験のとき、えらいことになってましたけどね」

店長に合わせてこちらも冗談まじりでツッこむと、彼はわざとらしく濃い眉を寄せた。

「アホ。野郎のエロい悩みと、うちのカワイイ娘のお受験を一緒にすな」

「誰もエロい悩みや言うてへんのですけど」

「おまえらの年頃でエロ以外の悩みがあるとは思えん」

「うわ、それオッサンの偏見《へんけん》ですよ」

言い返しながらドアを開けると同時に、後ろから肩を叩かれた。

「オッサン言うな。俺はまだ三十三や。とっとと帰ってカノジョとイチャイチャしてこいワカゾー」

そうします、と笑って外へ出る。蒸した空気が全身を包んで思わず顔をしかめたそのとき、皆内さん、と呼ばれた。

ドキ、と心臓が跳ね上がった。反射的に声がした方を振り向く。

数メートル離れた場所に、男が一人立っていた。街灯の弱い光を受けた精悍な顔には、いつになく真剣な表情が浮かんでいる。

――進藤。何でここに。

「お疲れさまです」

頭を下げた彼に、え、あ、と謙人はおよそ意味のない言葉を発した。

「お、お疲れ」

最終的に同じ言葉を返すと、進藤は小さく笑った。

何やねん。何しに来たんや。

進藤はサークルのメンバーたちと一緒に店に来たことがある。だから店の場所を知っているのは当然としても、今は午後十一時をすぎているのだ。店は既に閉まっているから、飲みに来たわけではあるまい。

俺に会いに来たんやんな……？

昨日、あからさまに無視されたことが頭にあるので、素直に喜んでいいのか、それとも警戒すべきかわからなかった。しかし進藤から訪ねてきてくれた事実を、震えるほど嬉しいと感じてしまった以上、彼を避けることはできない。

俺はやっぱり進藤が好きなんや。

改めてそのことを実感しつつ突っ立っていると、進藤の方が歩み寄ってきた。ポロシャツにジーンズという飾り気のない格好《かっこう》が、スラリとした長身によく似合っている。

「眼鏡」

ふいに言われて、え、と謙人は声をあげた。

「眼鏡、かけてはらへんのですね」

「ああ、うん」

それがどうかしたのかと尋ねる前に、進藤が口を開いた。

「バイト先でかけて好評やったから、ここんとこずっとかけてはったんやないんですか」

淡々とした問いかけに、咄嗟に言葉が出てこなかった。合わせていた視線を慌ててそらす。

確かに一昨日《おととい》、眼鏡をかけている理由を聞かれて苦しまぎれにそう答えた。適当に考えた言い訳だったし、まさか進藤が店に来るとは思っていなかったので、今日は眼鏡をかけていなかったのだ。

「や、けどあんまり同じパターンやと、それはそれで飽《あ》きられるっちゅうか。それより進藤、おまえここまでどうやって来たんや。自転車か？」

視線を泳がせながら必死で話題を変えると、いえ、と進藤は首を横に振った。

「歩いてきました」

「マジでか。けっこう距離あったやろ」

「いろいろ考えながら歩いてたから、そんな遠《とお》なかったです。気ぃ付いたら着いてた感じで」

「そか。俺自転車とってくるし、ちょお待ってて」

「皆内さん」

自転車が停めてある駐輪場へ歩き出した謙人の足を止めるように、進藤が呼ぶ。

はたして彼の思惑通り、謙人は歩みを止めた。進藤の声があまりに真剣だったので、止まらざるをえなかったのだ。しかしその真剣さ故《ゆえ》に、振り返ることができない。

「すんませんでした」

背中に投げかけられた謝罪に、謙人は瞬きをした。昨日の昼間のことを謝っているのだとすぐにわかったが、努《つと》めて明るい声で問い返す。

「すんませんて、何が」

「一昨日も、昨日もです。俺、一昨日はつっかかるみたいな言い方してしもたし、昨日も無視するみたいな態度とったから」

ぶっきらぼうながらも真面目な物言いに、確かな安堵《あんど》と微かな痛みが、同時に胸に湧く。

わざわざ謝りに来たのだから、進藤はこれまで通り親しくしたいのだろう。それ自体は嬉しい。けれど進藤と親しくするということは、彼の側で、彼が自分以外の誰かと恋愛するのを見ていなくてはいけないということだ。

「ほんまやで。ごっつ態度でかい後輩や。反省してもらわんとあかんな」

安堵と歓喜、そして痛みを堪《こら》えて笑うと、皆内さん、と進藤がまた呼んだ。

「俺もガキみたいにムキになって悪かったですけど、皆内さんも悪いんですよ」

責める口調で言われ、スッと体から血の気《け》が引いた気がした。こくりと息を飲み込む。

俺が悪いて、まさか、俺の気持ちがばれたとか……？

「悪いて、何が」

背を向けたまま恐る恐る尋ねると、一瞬、沈黙が落ちた。

が、それほど間を置かずに進藤は再び口を開く。

「俺が吉島さんのこと話してから、皆内さん、俺と目ぇ合わせてくれんでしょう」

切り込むように鋭く問われて、謙人は言葉につまった。自分の気持ちがばれていなくてほっとする反面、視線をそらしていたことを見抜かれていた事実に焦る。

「そんなことないで。気のせいやろ」

できる限り軽い口調で言ったつもりだったが、進藤は引き下がらなかった。

「俺も最初は気のせいや思いました。実際、俺以外の人には普通やったし、吉島さんに対する態度も変わらんかった。今さっき店の人と話してはったときも、いつもの皆内さんでした。皆内さんが態度変えたんは、俺だけです」

進藤はきっぱりと言い切る。

しかし謙人も引き下がるわけにはいかない。進藤に負けないはっきりとした口調で言い返す。

「何を言うてんねん。態度なんか変えてへん。同じや」

視線をそらしていたと認めたら、きっと理由を問われるだろう。生半《なまなか》な言い訳は通じそうにない。だからといって、おまえが好きだからと答えることなどできない。

「おまえ、思い違いしてんのとちゃうか？」

可能な限り明るい口調で尋ねると、焦りを奥に潜《ひそ》ませた不審げな声が問い返してきた。

「変えてませんか？　ほんまに？」

「ほんまや」

迷うことなく頷いた次の瞬間、ピリ、と辺りの空気に緊張が走った気がした。顔を見なくても、進藤が苛立《いらだ》っていることが伝わってくる。

「皆内さん、あの日から眼鏡かけはるようになりましたけど、昨日、若尾と話してたときはかけてはりませんでしたよね。バイトのときもかけてはらへん。俺がおるときだけ、俺と目ぇ合わせるんが嫌で眼鏡してはるみたいに思えるんですけど、気のせいですか？」

「気にしすぎや。言うたやろ、眼鏡はブームやて」

笑って言い切ると、進藤は黙った。

信じてくれたか。

ほっと息をつきかけたそのとき、進藤が近付いてくる気配がした。もともとそれほど離れていなかったので、すぐに追いつかれてしまう。

今更逃げるわけにもいかずに突っ立っていると、進藤が前にまわり込んできた。うつむけた視線の先に、彼のスニーカーが現れる。真正面に立った進藤は、その場で足を止めた。

皆内さん、と呼ぶ低い声が上から降ってくる。

「顔上げて」

「……何で急にタメ口やねん」

「同い年やから敬語やのうてもええんやろ。前にそう言うたよな」

「敬語やのうてええとは言うたけど、偉そうにしてええとは言うてへん」

下を向いたまま言葉を重ねると、皆内さん、とまた呼ばれた。その声には苛立ちだけでなく、哀願《あいがん》するような響きが含まれている。

「俺が何かしたんやったら、謝ります。せやから今まで通りにしてください」

真摯《しんし》な口調に、ズキリと胸が痛んだ。しかしやはり顔は上げられない。

まっすぐな視線を額《ひたい》に感じる。顔を上げたら間違いなく、この視線と目を合わさねばならない。今、進藤の目を見て『先輩』を演じられる自信が、謙人にはなかった。

「おまえは何もしてへんから、謝ることない」

漸《ようよ》うそれだけを言うと、進藤がムッとした気配が伝わってくる。

「ほんまにそう思てはるんやったら顔上げてください。嘘やないんやったらできるでしょう」

少しも引く様子がない進藤に、謙人は次第に腹が立ってきた。

何でそない顔見たがんねん。顔なんか見んかてええやろ。

たまたま同じマンションに住んでいただけの、ただの先輩後輩なのだ。普通に話せているのだから、目を合わせようが合わせまいが、どうでもいいではないか。

「顔上げられんてことは、嘘なんですか。やっぱり俺が何かしたんですね」

「ちゃうて言うてるやろ。無視してるわけやないし普通にしゃべってんのや。恋人やあるまいし、顔見る必要ないやろが」

問いつめる物言いに思わず声を荒げると、進藤は言葉につまった。

「それは……、そうかもしれませんけど、前はそんなことなかったでしょう。こんなん皆内さんらしいない」

皆内さんらしいない。

その言葉が耳に入ってきた瞬間、カッと頭に血が上った。

俺らしいないて何や。

俺がどんなにおまえを好きか、おまえに好きな人がおるて聞いてどんなにショックやったか、何も知らんくせに。

「皆内さん」

焦《じ》れたように呼んだ進藤の大きな手が、唐突に腕をつかんでくる。考えるより先に、謙人はその手を振り払った。

「何も知らんくせに、勝手なこと言うな」

低く吐き捨てて、謙人は進藤の横をすり抜けようと足を踏み出した。が、再び腕をつかまれ、強い力で引き戻されてしまう。

「待ってください。話はまだ途中や」

「放せ」

振り払おうとしたものの、骨太な指は、今度は離れなかった。逆に痛いほど力がこもる。

「何も知らんて、言うてくれなわからんやろ」

「言うたかておまえにはわからん。放せ」

「何で言う前からわからんて決めつけんのや。わかるかもしれんやないか」

「わかるわけない」

「皆内さん！」

再び強く呼ばれたかと思うと、もう片方の腕もつかまれてしまった。進藤の方が力が強い。全力で逃《のが》れようとしているのに、両腕にからみついた指はびくともしない。

くそ、もう、何やねん……！

ツキリと目の奥が痛くなった。たちまち視界が涙で滲《にじ》む。

「わかったら、どうなんや。俺の気持ちがわかったかて、おまえは俺のことなんか好きにならら

んやろ……！」

激情のままに低く怒鳴った謙人は、進藤の足を思い切り踏んだ。い！　と声があがると同時に、指が腕から離れる。

その隙を逃さず、謙人は一目散《いちもくさん》に駆け出した。

進藤は、追いかけてこなかった。

謙人《けんと》が目を覚ましたのは、風と雨が強くなったせいだ。ガタガタと窓枠《まどわく》が揺れる音を聞きながら、眼前の光景をぼんやりと眺める。

ビールの空《あ》き缶が一、二、三。発泡酒《はっぽうしゅ》の空き缶が一、二。チューハイの空き缶が一、二。

ベッドではなく床《ゆか》で眠っていたので、それらは手を伸ばせばすぐ届く距離にある。

……ああ、向こう二週間でちょっとずつ飲もう思《おも》て買い置きしといた酒が全滅やないか。

謙人は空き缶の周囲にも、ゆっくり視線を巡《めぐ》らせた。この十日ほどろくに掃除をしていないため、蛍光灯《けいこうとう》が照らす部屋は雑然《ざつぜん》としている。進藤《しんどう》が吉島《よしじま》を好きだと知った日に飲んだビールの空き缶も、キッチンの隅《すみ》に置いたままだ。

謙人はのそのそと体を起こした。刹那《せつな》、頭に鈍《にぶ》い痛みが走って低くうめく。泣きながら飲んだせいか、珍しく二日酔いになってしまったようだ。

最悪や……。

ベッドに背を預け、大きなため息を落とす。壁時計の針は十一時をさしている。昼が近いというのに外が暗いのは、天気が悪いからだろう。

昨夜《ゆうべ》、随分《ずいぶん》と走ってから自転車を店に忘れてきたと気付いた。しかしとても取りに戻る気にはなれず、そのまま帰路《きろ》についた。

俺の気持ちがわかったかて、おまえは俺のことなんか好きにならんやろ。

進藤に投げつけた言葉が耳に甦《よみがえ》る。

何であんなこと言うてしもたんや……。

後悔しても後の祭りだ。おまえが好きだと告白したも同然の言葉から、進藤は謙人の気持ちに気付いただろう。そして嫌悪《けんお》した。あるいは恐れたかもしれない。このところずっと、まるで見張るかのように側《そば》にいた彼が追いかけてこなかったのが何よりの証拠だ。

やっぱり、気色《きしょく》悪い思われたよな。

そう思うとまた、じわ、と涙が滲《にじ》んだ。進藤に吉島のことが好きだと聞かされた後も泣いたし、無視された後も泣いたが、昨夜もまた泣けて仕方がなかった。同じ相手に三度も失恋した気分だ。

——いや、失恋より悪いかもしれない。

進藤のことだ。サークルの仲間がいるところで無視をしたり、謙人がゲイだと言いふらしたりすることはないと思う。しかし二人きりになったら、きっと口をきいてくれないだろう。それ以前に、二人きりになろうとしないはずだ。せっかく昨日まで今まで通りに振る舞ってきたのに、激情に任せて吐いた己《おのれ》の言葉のせいで、全てが台無《だいな》しになってしまった。

再び長いため息を落とすと、ピリリリリ、とどこからともなく携帯電話の着信音が聞こえてきた。サークルのメンバーから電話がかかってきたときに鳴る音に、我知らず息を飲む。

周囲を見まわしたが、携帯電話は見当たらなかった。どうやら昨夜、玄関口に置いたままのバッグの中で鳴っているようだ。

まさか、進藤から、とか。

絶対にありえないことをまだ考える自分に、謙人は苦笑した。もう普通の先輩後輩ですらないのだ。彼が電話をかけてくるはずがない。

とにかく相手を確認しようと立ち上がると、着信音は一旦《いったん》切れた。しかしバッグの中から取り出したところで、再び鳴り出す。

画面に出ていたのは、吉島の名前だった。ズキ、と反射のように胸が痛む。

よっさんか……。

彼女に罪はないが、出るのを躊躇《ためら》ってしまう。

すると、ふいに着信音が止まった。ほっとしたのも束《つか》の間《ま》、出るまでかけるぞと言わんばかりに、またピリリリと鋭《するど》い音が鳴る。

今更電源を切るわけにもいかず、謙人は通話ボタンを押した。

「……もしもし」

『あ、ミナ？　も一、一回で出ぇや一回で！』

威勢《いせい》の良い声が聞こえてきて、苦笑が漏《も》れた。吉島は相変わらずだ。

「ごめん。ちょお手が離せんかって。何か用事か？」

『あんた、ひどい声やな。大丈夫か？』

こちらの問いには答えず、逆に心配そうに尋《たず》ねてきた吉島に、ああ、うん、と頷く。自然と顔が泣き笑いに歪《ゆが》んだ。

やっぱりよっさんはええ奴《やつ》や。

「昨夜、けっこう飲んでそのまま寝てしもたんや」

『強いからって無茶な飲み方したらあかんで。お酒は美味《おい》しい飲まな』

「美味しい飲みましたけど」

『嘘ついたらあかん。声ガラガラっちゅうよりへろへろのくせして』

「俺の声へろへろか？」

『へろへろや』

言い切った吉島は、はっきりとした口調で続けた。

『今さっき、進藤がうちに来てん』

　突然出てきた進藤の名前に、え、と思わず声をあげてしまう。

　しかし吉島は謙人の反応を気にとめる風もなく話し出した。

『連絡もなしに思いつめた顔で来て、しかもビニール傘買う前に雨に降られたみたいで、傘さしてんのにずぶ濡れでな。話がある言うから何か思たら、好きです、付《つ》き合《お》うてくださいやて。玄関でいきなり言いよるから、弟はぎゃーぎゃー騒ぎよるし、オトンとオカンは覗《のぞ》き見《み》しよるし、私のこと好きでも何でもないくせにごっつ迷惑やっちゅうの』

　本当に怒っているらしく、吉島は息をつく間もなく次々に言葉を紡《つむ》ぐ。黙って聞いていた謙人は、けど、と遠慮がちに口を挟《はさ》んだ。

「進藤はよっさんのこと……」

『あんなもんは告白やない』

　吉島はきっぱりと言った。

『あいつ私にコクりながら、俺って吉島さんのこと好きですよね、そうですよねて、よりによって私に確認するみたいな目ぇしよんねんで。そうですよねて、あんたの気持ちなんかこっちは知らんちゅうの』

　はあ、と謙人は間の抜けた相づちを打った。吉島の人を見る力は確かだ。きっと進藤は本当に、確認する目をしていたのだろう。

それってどういうことなんや。

不思議に思うと同時に、吉島がどう返事をしたのか気になった。

「あの、そんでよっさんは何て」

『もちろん断ったわ。当たり前やろ。私は進藤のこと何とも思てへんし、他の人のことが気になってしゃあないっちゅう顔した男なんか、余計《よけい》興味ない』

「他の人て？」

我知らず勢いよく問うと、知るかいな、とけんもほろろの返事が返ってきた。

『進藤自身も自分の気持ちが自分でようわからへんらしいて、何やふらふらしとったからな。私が断ったら、ほっとした顔しよった。告白して断られてほっとするてどういうことやねん。そんなんちょっとも好きちゃうやんか。必死で食い下がるとか、せめてがっかりするぐらいせえっちゅうの』

むかつくー！　と吉島は鼻息を荒くする。まあまあと宥《なだ》めながらも、謙人は首を傾《かし》げた。

ふられてほっとするとは、どういうことだ。好きな人にふられたら、落ち込むのが普通だろう。謙人など、辛《つら》くて悲しくて涙があふれて止まらなかった。

『何であんなカッコエエ男ふるんやてオカンには延々《えんえん》説教されるし、オトンは妙に上機嫌になってやたら話しかけてくるし、弟には姉ちゃんもう嫁のもらい手ないぞとか真顔で言われるし。今日は大学もバイトも休みでゆっくりしよう思てたのに散々《さんざん》や』

「そら大変やったな」

ぷりぷりと怒る口調に笑って応じつつ、謙人は反対側に首を傾げた。

ちゅうかそもそも、何でよっさんは俺に電話してきたんや。

吉島とは、普段からよく話す。サークルのことはもちろん、同じ学部の同じ学科に属しているので、講義の内容や出された課題のことも話すし、バイトでの他愛《たわい》ない愚痴《ぐち》等、世間話を電話ですることもある。

しかし吉島から見れば、進藤に告白されたことと謙人は関連などないはずだ。彼女が全く関係のない話をわざわざ電話で伝えてくることは、今までなかった。

『なあ、ミナ』

ふいに真面目な声で呼ばれて、何、と慌てて返事をする。

『私な、結婚するんやったらミナがええなあ思ててん』

ぶは、と謙人は思い切り噴いた。吉島の口から出るとは欠片《かけら》も考えていなかった言葉を聞かされて、天地がひっくり返ったような錯覚《さっかく》に陥《おちい》る。

「けっ、けっこんて、よっさん俺のこと好きなんか？」

尋ねた声は、見事に裏返ってしまった。

しかし吉島はなぜか、アホか、とツッこんでくる。

「や、アホて……」

『好きちゃうわ。好きは好きやけど、恋愛の好きとはちゃう。ただ、ミナとおるとめっちゃラクやねん』

「ラク……」

鸚鵡返《おうむがえ》すと、そおや、と吉島はもっともらしく頷いた。

『ミナには自分を飾ることいらんし、気ぃ遣うこともいらん。しかも一緒におると楽しい。それに見た目もまあまあやしな。ミナとやったら肩肘張《かたひじは》らんと暮らせる思てん。楽しいても全然ドキドキせんし刺激も足りんし、恋人には不向きやけど、ダンナには最適や』

「そ、そんなもんか?」

『他の人はどうか知らんけど、私はそおやな』

あっさり言ってのけた吉島に、謙人は瞬《まばた》きをした。

合理的っちゅうか、現実的っちゅうか。

何だかわからないけれど凄《すご》い。

ふうん、と半《なか》ば感心して相づちを打つと、吉島は快活《かいかつ》に笑う。

『そこでふうんとか言うてまうとこがミナやなあ。ま、これは私の勝手な考えや。ミナにはミナの考えがあるやろし、愛のない結婚を押し付けたりせんから安心して』

愛のない結婚てどないやねん、昼メロか、と自分で自分にツッこんで、吉島はまた笑った。

『とにかく、私はそれぐらいミナが気に入ってるゆうこと。せやから進藤には、もっとしっかりせえて言うといた』

「は？　進藤？」

話が突然進藤に戻って、謙人は頓狂《とんきょう》な声を出してしまった。

よっさんが俺を気に入ってんのと、進藤がよっさんに告白してふられたんと、どういう関係があんのや。

尋ねようとしたそのとき、電話の向こうから吉島を呼ぶ声が聞こえてきた。ちょっと手伝《てつど》うてー、と言っているのは、どうやら母親のようだ。

『何か呼ばれてるし切るわ』

「あ、待ってよっさん」

慌てて呼び止めると、何、と吉島は返事をしてくれた。

「何で俺に電話くれたんや」

『これからもミナと仲良うしたいからに決まってるやろ』

「決まってるて言われても……」

何当たり前のこと聞いてんねん、と言わんばかりの物言いに、口ごもる。だから仲良くしたいことと進藤の告白が、どうつながるのかがわからない。

電話の向こうでまた吉島を呼ぶ声がする。わかったて、今行く、と吉島が携帯から口を離して答える声も聞こえてきた。

『私が電話した理由はもうじきわかるから、気にすることないで。そしたら月曜にな』

一方的に言ったかと思うと、吉島は今度こそ通話を切ってしまった。あ、ちょっと、と引き止める言葉が虚しく部屋に響く。

「何やねん……」

つぶやいて通話を切った謙人は、自然と笑みがこぼれるのを感じた。吉島の意図《いと》はわからないが、こちらを気にかけてくれたことは確かなようだ。

よっさんはええ奴や。

改めて思いつつ携帯電話をローテーブルに置く。たちまち、しん、と部屋に静寂《せいじゃく》が訪《おとず》れた。いつのまにか雨も風もやんだようだ。

――進藤、よっさんに告白したんや。

昨日の今日で告白て、俺が告白まがいのこと言うてしもたんと関係あるんやろか。

そんなことをぼんやり考えて、謙人は苦笑した。この期《ご》に及んでもまだ進藤と関わりを持ちたいと思っている自分が、ひどく滑稽《こっけい》だった。これから先、進藤に嫌われ、避《さ》けられてすごす毎日が待っているというのに、関わりも何もあったものではない。

じわ、と思い出したように涙が滲んできて、謙人は慌てて目許《めもと》を拭《ぬぐ》った。大きく息を吐き、立ち上がる。

いつまでもこうしていても仕方がない。

シャワーを浴びて掃除をしよう。

そして、少しでも気持ちの整理をしよう。


風呂とトイレを徹底的に掃除して部屋へ戻ると、二時間近くが経《た》っていた。掃除が無心になれる作業で、尚《なお》かつ達成感を伴《ともな》う作業であることを実感しながら、改めて部屋を見まわす。

「汚い……」

床に散らばっているのは空き缶だけではなかった。雑誌、CD、ジャケット、眼鏡、タオル等々。ゴミこそゴミ箱に放り込んであるものの、いろいろな物が乱雑《らんざつ》に散らばっている。そのゴミ箱はといえば、今にもあふれんばかりの状態だ。自分がシャワーを浴びてさっぱりし、更に風呂とトイレをきれいに掃除したせいか、荒れた室内が余計に汚く見える。

謙人は早速《さっそく》ジャケットを拾い上げ、ハンガーにかけた。それをクローゼットにしまった後、雑誌をそろえてラックに入れ、CDも棚《たな》に戻す。眼鏡をケースに入れて引き出しに収める。雑然としていた部屋が、みるみるうちに整理されてゆく。

ゴミ箱に溜《た》まったゴミを捨てるためにキッチンの収納棚から袋を出していると、ピンポーン、とチャイムが鳴った。はい、と返事をして、キッチンのすぐ横の玄関へ向かう。

「わっ」

何も考えずにサンダルをつっかけてドアを開けた謙人は、思わず声をあげてしまった。

立っていたのは進藤だった。

――しもた。無心になりすぎた。

慌ててドアを閉めようとしたものの、扉をしっかりとつかんだ進藤の手に阻《はば》まれる。

「わ、コラ、放せ」

「放しません」

なぜか怒ったように言って、進藤は強引に中へ入ってきた。彼の背後《はいご》でドアが閉まり、謙人の逃げ場は室内以外になくなる。が、進藤を部屋へ入れたくない。二人きりになりたくない。

「おまえ、何で入ってくんねん」

後退《あとずさ》りしながらも、謙人はどうにか玄関口で踏《ふ》ん張《ば》った。

すると進藤は思い切り顔をしかめる。

「相手を確かめもせんとドア開けといて、何言うてるんですか。皆内《みなうち》さんもようわからん人ですよね。泣いてたから落ち込んでるか思たら、普通に返事して普通にドア開けるし。相手が俺かもしれんとか考えんかったんですか。俺のことはその程度やったんですか」

やはり怒ったように矢継《やつ》ぎ早《ばや》に言われて、謙人は首をすくめた。何だかよくわからないが叱《しか》られている気分だ。

「それは、あの、掃除してて……」

思わず言い訳をすると、進藤は直線的な眉をつり上げた。

「掃除。掃除ですか。俺が混乱してテンパッて、わけがわからんようになって悩みまくってたのに、ノンキに掃除か。あんた、俺のこと好きちゃうんか」

「え？　あ、うん、好きやけど」

迫力《はくりょく》負けしてこくこくと頷くと、進藤はつり上げた眉を、今度はきつく寄せた。険《けわ》しい表情を映した精悍《せいかん》な面立《おもだ》ちが間近に迫《せま》る。

「けどて何や」

「や、あの、別に深い意味は」

「深い意味はないんか。俺を好きなんも深い意味とちゃうとか？」

「や、それは深い意味やけど。ちょお落ち着け進藤」

謙人はとりあえず進藤を宥《なだ》めた。嫌悪されるとか気味悪がられて避けられるとかなら、昨日から想像しすぎなぐらいに何度も想像した。しかし真正面から怒られるとは欠片も思っていなかったので、どう対応していいかわからない。

「どないしたんや。何を怒ってんねん」

恐る恐る尋ねると、進藤はふいに黙った。眉を寄せたまま、まじまじとこちらを見下ろしてくる。

真顔で見返すのもどうかと思ったので、謙人は反射的に笑みを浮かべてみせた。するとたちまち、進藤の眉間《みけん》の皺《しわ》が深くなる。

わ、あかん。

また怒らせたらしいと悟《さと》って焦ると、いきなり顎《あご》をつかまれた。振り払う間もなく、強引に上を向かされる。

「しん」

どう、という続きは、進藤の唇に奪われた。

謙人は驚きのあまり、限界まで目を見開いた。近付きすぎて表情がわからない顔。唇に触れている、わずかに荒れた、けれど柔らかな感触。それらが何を意味するのか、咄嗟《とっさ》に理解できない。

ぱち、と大きく瞬きをひとつしたところで唇が離れた。同時に、顎をしっかりと固定していた指も離れる。

ぽかんとして進藤を見上げると、彼はまた眉を寄せた。

「目ぇつぶってくださいよ」

「えっ、あ、ごめん。やのうて。……え、何？　何で？」

今更のように、カッと顔中が赤くなった。慌てて口許《くちもと》を覆《おお》う。

たった今、見上げた位置にあるやや厚めの唇にキスされたのだ。温かみがあって好きだと思っていた唇に、口づけられた。——信じられない。

真っ赤になったまま固まっていると、進藤はまたまじまじとこちらを見下ろしてきた。かと思うとうつむき、大きなため息を落とす。

「……最初から、ええ先輩やと思てました。明るうて面倒見《めんどうみ》がようて、頼りになる。それやのにどっか抜けてはるとこが好きやった。浪人せんかったらもっと一緒におれたのにて、何べんも思た。けどそれがどういう好きかは、自分でも全然わかってへんかったんです」

進藤は一度言葉を切った。気持ちの整理をするかのように数秒黙った後、再びゆっくり口を開く。

「皆内さんが目ぇ合わせてくれんようになって、ショックやった。最初は皆内さんも、吉島さんのことが好きなんか思た。けどそういうわけやないみたいで、それやのに皆内さんはやっぱり俺の目ぇ見てくれんし、何でやろてそればっかり考えるようになって。それからは、吉島さんより皆内さんの方が気になるようになりました。いつのまにか、吉島さんのことはどうでもようなってた」

怒りから一転して、つぶやくような物言いになった進藤の言葉を、謙人は相づちを打つこともできずに聞いていた。何を言っていいかわからなかったこともあるが、とにかく進藤の感触が残っている唇が熱くて、動かすことができなかったのだ。

「俺以外の人にはいつも通りで、それがめちゃめちゃムカつきました。吉島さんといつも通りにじゃれてるか思たら、若尾《わかお》には優しい顔して笑いかけてて、ええ雰囲気《ふんいき》になってるし。バイト先の人にもニコニコしてはるし。それがまた腹立つゆうか、ムカついて」

「ええ雰囲気て、若尾と俺は何も」

慌てて言うと、知ってます、と進藤は頷いた。

「ふったんでしょう。若尾から聞きました」

それだけ言って、またため息を落とす。

「ふられたて若尾に聞いたとき、ほっとしました。今考えると、俺はそんとき嬉しかったんです。皆内さんは、若尾のもんにはならんかった。それが嬉しかった。けどそれでもまだ自分の気持ちがわからんかった。親しい先輩を独り占めしたいてゆうガキみたいな独占欲やて、的外《まとはず》れなこと思てたんです」

嬉しいて……。

思いがけない言葉を聞いて、今度は謙人がまじまじと進藤を見つめた。

進藤はうつむいたままだったが、彼より七センチほど背が低い謙人からは、その顔がわずかに窺えた。精悍な面立ちに、苦しげな表情が浮かんでいるのが見て取れる。今日、ここへ来るまでの間、彼が一人で懊悩《おうのう》したことが、はっきりと伝わってきた。

「皆内さんが俺のこと好きやてわかって、自分でもどうか思うぐらい嬉しかった。そんとき初めて、自分も皆内さんが好きやてわかったんです。ただ目ぇ合わせてくれんだけで、無視されたり避けられたりしたわけやないのに、何で気になってしゃあなかったんか。苛々《いらいら》したんか。

皆内さんが好きやからやて、やっと気ぃ付いた」

低い声でそこまで言って、進藤はまた口を噤《つぐ》んでしまう。

黙って話を聞いていた謙人は、ゆっくり瞬きをした。

……進藤が、俺を好き？

そんなアホな。

信じられない。ありえない。

「や、けどおまえが好きなんはよっさんやろ？」

謙人は思わず尋ねた。何しろつい先ほど、吉島から進藤に告白されたと聞いたばかりなのだ。

あれ、けどよっさん、進藤は他の人が気になってるとか言うてたっけ。

ほとんどパニック状態の頭で必死に吉島との会話を思い出していると、進藤は苦笑した。

「それも今となったら怪しいんです。俺が見てたんは皆内さんで、皆内さんの側におる吉島さんに目がいって、自分が男を好きになるはずないいてゆう意識があったから、吉島さんを好きやて勘違いしたんかもしれん」

「そんな、そんなことないやろ」

「そんなことあるんです」

間髪《かんはつ》を入れずに答えた進藤に、謙人は言葉につまる。

一方の進藤は、再び淡々とした口調で話し出した。

「昨夜初めて皆内さんが好きやて自覚して、パニックになりました。男を好きになったことがなかったからやと思いますけど、ほんまに混乱した。皆内さんが近くにおるてわかってるマンションには到底《とうてい》帰れんくて、一晩中あっちこっちうろうろしました。それでも、今朝になってもまだ、皆内さんが好きやてゆう自分の気持ちを、自分でも信じられんかった」

次第に自嘲を滲ませた口調になっていった進藤は、一度言葉を切り、軽く息を吐いた。

「そんでとにかく、吉島さんに告白しよう思て会いに行ったんです。吉島さんに直接会《お》うたら、自分はやっぱり吉島さんが好きやて、皆内さんへの気持ちは勘違いやて思い直すかもしれんて考えた」

ほれみぃ、やっぱりおまえが好きなんはよっさんやろ、と言いかけた謙人を遮《さえぎ》るように、進藤は続ける。

「吉島さんには断られました。正直ほっとした。前は確かに吉島さんのことが好きやったのに、吉島さんの顔見ても全然嬉しいないし、好きやとも思えへんかったから。そんで俺が好きなんはやっぱり皆内さんなんやて、改めて自覚したんです。自分の気持ち認めるのにこんなに時間かかるて、自分の頭の硬さと度量《どりょう》の狭《せま》さが嫌になる」

ありのままの事実を言っているとわかる物言いに、謙人はますます混乱した。

「それはちゃうて進藤。おまえが好きなんはよっさんやて。よっさんを見てたから、よっさんと仲のええ俺が目に入っただけや。逆や。勘違《かんちが》いや」

我知らず矢継ぎ早やに言いつのる。進藤の口から一度はっきり、吉島が好きだと聞いたのだ。この何事にも動じないまっすぐな男が、顔を赤らめるのも見た。そう簡単に信じられるわけがない。

すると進藤はゆっくり顔を上げた。色の浅黒い精悍な顔立ちがまたしても怒っているように見えて、じり、と後退する。

しかし進藤も、離れた分だけ距離をつめてきた。切れ長の双眸《そうぼう》に映っているのは、どこまでも真剣で熱い色だ。

「皆内さん、あんた俺のこと好きちゃうんか」

「す、好きやけど、おまえ、ノンケやないか。男好きになるて、おかしいて」

たじたじとなりながらも言い返すと、進藤はきつく眉を寄せた。

「あんたにおかしいて言われたない」

「お、俺はゲイやもん。男好きになったかておかしいない。けどおまえは違うやろ」

「おかしいもおかしいないもない。好きになってしもたんやから。さっきキスしたやろ。好きやなかったら男にキスなんかできん」

「アホか。あれぐらいのキスやったら、男同士でも王様ゲームとかですることある」

やろ、と言いかけたそのとき、視界の端に黒いものがよぎった。

……今のは、まさか。

そうっとキッチンに視線をやる。

想像した通りのものが、そこにいた。まるでこちらを観察するように、じっとその場を動かない。

わ！　と叫んで、謙人は目の前にいる進藤にしがみついた。

「ちょ、皆内さん？」

突然の出来事に驚いたらしく、進藤が頓狂な声をあげる。

「アレ、早《は》よ、早よどっかやってくれ！」

「アレて……、ああ、あれですか。どっかて言われても、雑誌とか新聞とか叩くもんくれんと」

「アホ、叩くな！　部品が散らばるかもしれんやろ！」

「部品てあんた……」

進藤はあきれたようにつぶやいた。しかし少しも慌てる様子はない。

そうして話している間に黒いものが飛んできそうで、謙人は進藤の広い肩をバシバシと叩いた。

「外へやれ、外へ！　早よせんと部屋ん中で行方不明になりよる！」

「そない怖がらんでも大丈夫や。気にならんようになるから」

「アホ、何言うてんねん！　気になるに決まってるやろ！」

追い払おうとしてくれないばかりか、無責任なことを言い出した進藤をにらみつける。

次の瞬間、再び唇を塞《ふさ》がれた。

「んっ！」

驚いて逃れようとするが、進藤にしがみついていた体は、長い腕に簡単に抱き込まれてしまう。間を置かず、開いていた唇の隙間から濡れた感触が侵入《しんにゅう》してきた。

荒々しく口腔《こうこう》を愛撫され、思わずぎゅっと目を閉じる。足元にいる黒い虫への恐怖と、進藤に口づけられている事実、そして容赦《ようしゃ》のない深いキスから得られる快楽が入り混じり、何が何だかわからない。

怖い、気持ちいい、熱い、飛んでくるかも、嫌や、嬉しい、何で、こんなキス。

断片的な思考が湧《わ》いては消える。

結局謙人を支配したのは、進藤が唇に与えてくれる甘い快感だった。

「ん、う……」

角度を変えて息を継《つ》がされる。その間も舌は触れ合ったままだ。微《かす》かな水音と共に、再び唇が深く重なる。

無意識のうちに自《みずか》ら舌を差し出すと、きつく吸われた。ねだっているようにもぐずっているようにも聞こえる甘い声も、全て進藤が吸い取ってしまう。

官能を煽《あお》るキスに、背筋に痺《しび》れが走った。息苦しさと激しい熱、そしてかつて経験したこと

のない快感に耐えかねて小さく跳ねた体を、進藤の腕があやすように抱きしめてくる。

ちゅ、と音をたてて唇が離れたときには、謙人は進藤にしがみついていた。

「あ……」

我知らず色を帯びた吐息が漏れる。するとまた、唇を軽くついばまれた。

「こういうキスは、王様ゲームではせんよな」

キスの余韻《よいん》に掠《かす》れた声で囁かれ、謙人は息を乱したまま、進藤をぼんやり見上げた。切れ長の双眸が、至近距離で見下ろしてくる。

「好きです、皆内さん」

熱っぽい告白だった。いかにも進藤らしいまっすぐさと、いつもの進藤からは想像できない情熱をそこに感じる。

進藤が本気であることが伝わってきて身震いしながらも、謙人は尋ねた。

「ほ……、ほんまか？」

「疑うんやったら、もういっぺんやろか？」

「やっ、もう、もうええ」

謙人は慌てて首を横に振った。

これ以上続けられたら、体が反応してしまう。それほどに、濃厚《のうこう》で官能的なキスだった。間違いなく恋人のキスだ。

我知らず広い胸にしがみつく腕に力をこめると、進藤は長いため息を落とした。安堵と愛《いと》しさが等分に含まれているとわかるその吐息に、謙人も息をつく。

進藤、ほんまに俺のこと好きなんや……。

まるで夢を見ているようだ。

しかし唇に残る甘い熱が、これは夢ではないと教えてくれる。

「もう気にならんやろ」

耳元で囁かれて、わずかに身を捩《よじ》る。くすぐったい。

「気にならんて、何が」

陶然《とうぜん》としたまま尋ねると、進藤は悪戯《いたずら》っぽく笑った。

「さっき見たもん」

さっき見たもんて……。

ああ！　と謙人は声をあげた。慌ててキッチンに目を遣るが、そこにはもう何もいない。ザ、と音をたてて血の気《け》が引く。

「おま、おまえっ、どないしてくれんねん、どっかいってまいよったやないかっ」

「部屋のどっかにおるやろ」

「どっかてどこ！」

「知らん」

「進藤！」

怒鳴りながらも先ほどとは別の意味で首筋にしがみつくと、進藤は噴き出した。謙人の腰に腕をまわしたまま、ク、ク、と笑う。

「アホ、笑いごとやない！」

思わず嚙《か》みつくと、背中を優しく叩かれた。

「大丈夫や、皆内さん。もしおったとしても、今度はちゃんと俺が追い出したるから」


皆内さん、と呼ばれて謙人は振り向いた。隅々まで掃除機がかけられ、埃《ほこり》が払われた部屋の真ん中に胡坐《あぐら》をかいた進藤が、あきれたようにこちらを見ている。

「それぐらいでええんとちゃいますか」

「あかん。まだや」

きっぱりと言って、キッチンのフローリングを雑巾《ぞうきん》で擦《こす》る。謙人は先ほどから、キッチン周りを集中的に掃除しているのだ。

濃厚なキスをした後、もとい黒い虫を見失った後、進藤と共にホームセンターへ行って害《がい》虫《ちゅう》駆《く》除《じょ》剤《ざい》を買った。噴《ふん》霧《む》式《しき》のそれを部屋に置き、とりあえず進藤の部屋へ向かった。二人で昼食のハンバーガーを食べている間に、進藤が気合を入れてシャワーを浴び、身だしなみを完璧に整えてから謙人に告白しに来たことや、それなのに肝心の謙人が平然とドアを開けたので呆気にとられたこと等を、改めて聞いたのだった。

己の部屋の状態を大いに気にしながらも、照れたり笑ったりして待つこと二時間。万が一のことを考えて進藤に先に部屋の中の様子を見てもらい、黒い虫がいないことを確認してから恐る恐る自室へ戻った謙人は、早速掃除を開始した。進藤も付き合ってくれたので、一時間もしないうちに室内はすっかりきれいになった。

「ぶっちゃけて言わしてもらうと、アレを見た場所だけ拭《ふ》いても意味ないですよ。アレはたぶん、部屋中を走りまわってるから」

淡々と言われて、謙人は進藤をキッとにらみつけた。

「怖いこと言うな〜」

「俺に怒ってもしゃあないでしょう。駆除もしたし掃除機もかけたし、雑巾がけもしたし、もう大丈夫ですて」

笑いながら言われて、謙人は渋々掃除をやめた。雑巾を手にバスルームへ向かう。

「今までいっぺんも出たことなかったのに出るて、掃除さぼったからやろか……」

雑巾を洗いながらの独《ひと》り言《ごと》だったが、そら違うでしょう、と進藤は応じてくれた。

「ちょっとぐらい掃除せんかて、そない不潔《ふけつ》にはならん。たぶん外から来たんですよ」

「そうかなあ」

首を傾げつつ雑巾を絞《しぼ》り、専用のハンガーにかける。改めて手を洗ってバスルームを出ると、進藤と目が合った。

自分の部屋に進藤がいる。

そのことに、今更のように戸惑ってしまう。他愛もないことを話していると、普通の先輩後輩のようで、両想いだという実感が湧《わ》かない。何しろ最初からあきらめていた恋だったし、実際、失恋の辛さを味わっているのだ。

側にいっていいのかわからなくて突っ立っていると、おいでおいで、という風に手招きされた。引き寄せられるように足が動き、進藤の隣に腰を下ろす。

それでも何となく三十センチほど開けた距離を、進藤の方がつめてきた。半袖《はんそで》から伸びた腕が直接触れ合う。自分の白めの肌とは異なる小麦色の肌の滑《なめ》らかな感触に、謙人は赤面した。

「皆内さん」

「……うん」

「皆内さんは、いつから俺のこと好きやったんですか」

ストレートな問いかけに、顔だけでなく耳も赤くなるのがわかった。咄嗟にうつむけた額《ひたい》の辺りに、進藤の視線を感じる。

「最初から……」

「最初て、若尾を助けたときから？」

声もなく頷くと、そうなんや、と進藤はつぶやいた。

「気付かんかった。皆内さん、俺にだけと違《ちご》て皆に優しいし、女の子にもてるし」

「別にもててへんけど」

「もててますよ。皆内さんにカノジョおるんか聞いてきたん、若尾だけやないですから。話しやすいし優しいし、目立つタイプやないけどカッコエエとこがええらしいです」

「女の子にもててもな……」

口ごもるように答える。若尾のことを思い出して、微《かす》かに胸が痛んだ。彼女の想いに応《こた》えられなかったばかりか、自分だけがこうして両想いになってしまった。どうしようもないことだけれど、若尾の前で浮かれて羽目《はめ》をはずすことだけはすまいと思う。

「皆内さん、ほんまに女性に興味ないんですね」

どこか不思議そうに問われて、謙人は体をすくませた。

「ない、けど……。気持ち悪いか？」

恐る恐る尋ねると、進藤は瞬きをした。かと思うと小さく笑う。

かつてないほど近い距離で見た笑顔に、謙人は思わず見惚《みと》れた。

「まさか。安心しました。これから皆内さんに近寄ってくる女の人を、警戒する必要はないてわかったから」

長い腕が伸びてきて肩を抱く。反射のように強張った謙人の体を解《ほど》くように、大きな手が腕を撫《な》でてくれた。優しい接触だったが、優しいからこそ、ますます固まってしまう。

謙人が緊張していることに気付いたらしく、進藤が覗《のぞ》き込《こ》んできた。

わ、近い。

慌ててうつむくが、肩を抱き寄せられた体勢では、顔を隠すことができない。全身が既にガチガチだ。

「そない緊張せんでも」

進藤があきれたような、おかしそうな声を出す。

「や、あの、まだ信じられんていうか、好きな人に好きになってもらえたん初めてで、どないしてええかわからんていうか……」

しどろもどろで言葉を紡ぐと、進藤が驚く気配がした。

「初めてて、今まで付《つ》き合《お》うたことないんですか」

「一回だけ、高校んときに女の子と付き合《お》うたんやけど、どうしてもあかんてわかって別れてん。それからはいっぺんも」

「そしたら男とは付き合うたことないんですか」

「うん……」

「男は俺が初めて？」

今度は無言で頷くと、進藤は黙った。

もうじき二十歳になるのに初めてて、重い思われたやろか……。

不安になって視線を上げようとしたそのとき、肩を抱く腕にぎゅっと力がこもった。

「皆内さん」

「は、はい」

「俺も男と付き合《あ》うんは初めてやから、どないしてええかわからんことがある思います。こうした方がええとか、こうしてほしいとかあったら、言うてください」

いかにも進藤らしい真摯《しんし》な口調に、そんなん、と謙人は口ごもった。

「好きになってくれただけで充分やから」

恥ずかしくてつぶやくように言うと、進藤はまた黙った。が、今度はそれほど間を置かず、皆内さん、と呼ぶ。

「俺、やっぱり皆内さんのことかなり好きみたいです」

「みたいですて……」

どこか感心したような、それでいて新しい発見をしたような物言いを怪訝《けげん》に思って顔を上げる。すると、それを待っていたかのように唇に軽くキスされた。

「!」

慌てて口許を手で覆《おお》った謙人を、進藤は至近距離から見つめてくる。

「好きや」

今度は確信を持った口調だった。精悍な面立《おもだ》ちを彩《いろど》っているのは愛《いと》しげな笑みだ。

見慣れない甘い笑みに、謙人は再びうつむいてしまった。顔や耳だけでなく首筋まで熱い。

心臓が高鳴りすぎて、今にも口から飛び出しそうだ。

……好きな人に好きて言われて、キスされて見つめられるて、こんな恥ずかしいんや。知らんかった。

「あ、虫」

ふいに進藤がつぶやいて、謙人はぎょっとした。反射的に進藤にしがみつく。

「どこ！」

「嘘です。さっき駆除したばっかやのに、そんなすぐ出るわけないやろ」

けろりと言われて、瞬きをする。謙人は進藤の首にまわしていた腕を勢いよく解《ほど》き、にらみつけた。

「おまえ、俺がアレを怖いてわかってて……！」

「虫て言うたら抱きついてもらえるみたいやから」

またしてもけろりと言ってのけた進藤に、咄嗟に返す言葉が見つからず、謙人はただぱくぱくと口を動かした。

進藤の言う通り、肩を抱かれていたところへ自らしがみついたので、体がぴたりと密着している。シャツ越しにではあるが、筋肉質な体の感触がはっきりと伝わってくる。恥ずかしくてたまらないけれど、嘘でも虫という言葉を出されたせいで離れられない。

「む、虫のこと言わんでも抱きつくから、これからその嘘はつくな。絶対につくな」

涙目になりながら言うと、ごめんごめん、と進藤は謝った。やけに楽しそうだ。

「やっぱり苦手やのうて怖いんや」

「なっ、怖《こわ》ない、苦手なだけや」

「さっき自分で怖いて言うたやないか」

う、と言葉につまった唇に、また軽くキスをされた。

「わかりました。言いません。約束します」

「ほんまやな？」

「ほんまです。そのかわり、皆内さんもちゃんと俺に抱きついてくださいね」

からかうように言った進藤にじっと見つめられ、謙人は真っ赤になった。約束のキスを返してくれ。目顔《めがお》でそう言われているのがわかったからだ。

恥ずかしい。

でも嬉しい。

数秒ためらったものの、謙人は震える唇で、生まれて初めて好きな人に自らキスをした。

恋のとりこ

「前期試験終了お疲れー。そんで来週からは本格的に学祭の準備始まるんでよろしくー。ちゅうことで、かんぱーい！」

三年の先輩の音頭《おんど》に従《したが》い、その場にいた全員がグラスを掲《かか》げた。かんぱーい、という言葉と共に、カチン、カチン、とあちこちでグラスが触れ合う音がする。

皆内謙人《みなうちけんと》もグラスを掲げ、左隣にいた女子学生の吉島《よしじま》、更にその隣に腰かけた男子学生の山室《やまむろ》とグラスを合わせた。

冷えたビールをぐっとあおる。喉《のど》を通るアルコールが殊更旨《ことさらうま》く感じられるのは、七月に入って急に蒸《む》してきた気候のせいもあるが、それより何より、昨日の金曜で前期試験が全て終了したからだろう。

場所は大学近くにある、ごく庶民的《しょみんてき》な居酒屋だ。集まっているのは学園祭実行委員会のメンバーである。試験の慰労《いろう》だけでなく、十一月の頭に行われる学園祭の準備が本格的に始まるのを前に、顔合わせを兼《か》ねた飲み会が始まったところだ。

普段は就職活動で忙しい三年や、他のサークルとかけ持ちしていて、今まであまり委員会に顔を出していなかった一年や二年もいるので、かなりの大人数である。居酒屋の三分の二ほどは、実行委員会のメンバーで埋《う》まっている。

「あー、旨《うま》い」

一気にグラスをあけてつぶやくと、隣でグラスをあけた吉島も大きく頷いた。目鼻立ちのはっきりとした美人が、ぷはー、とオッサンの如《ごと》くため息を吐き出す様は迫力がある。同じ二年の彼女も、謙人に負けず劣《おと》らずの酒好きだ。しかも強い。

「やっぱ試験の後のビールは最高やな」

しみじみとした物言いに、せやな、と謙人は笑って頷《うなず》いた。

「特に最初の一杯がたまらんよな。まま、よっさんもう一杯」

「お、悪いな」

ビールの瓶《びん》を差し向けた謙人に、吉島は嬉しそうにグラスを差し出す。泡を立てないように気を付けながらなみなみと注《つ》いでいると、うへー、と山室が妙な声をあげた。眼鏡《めがね》をかけた彼も同学年だ。

「ミナとよっさん、もう全力出しとる」

「そこの酒豪《しゅごう》二人は放っといても大丈夫や、ムロ。どっちもザルやから。問題はあっち」

謙人の前に腰かけた三年の先輩が指さした方向には、実行委員会の委員長、古川《ふるかわ》がいた。試験が終わった解放感があるだけでなく、就職活動のストレスも溜《た》まっているのだろう、そう強くもないくせにピッチが早い。

「あれは絶対、一時間もせんうちに潰《つぶ》れるな」

「誰が送ってくねん」

「古川先輩からみ酒やからなあ」

「俺らこないだ送ってったとき、ごっつからまれて朝まで付き合わされてんで」

「あのときは辛《つら》かったな……。朝日が目に染《し》みた染みた」

古川と帰る方向が同じメンバーが、早くも委員長の世話係を誰にするか相談し始める。最低限の礼儀さえ守ればいいという緩《ゆる》い上下関係が、委員会内では良い方向に働いており、メンバーは皆仲がいいのだ。

彼らのやりとりに笑いながら、吉島とさしつさされつ酒を飲んでいると、ふと視線を感じた。斜《なな》め前を見遣《みや》ると、短髪が似合う精悍《せいかん》な顔つきの男が眉を寄せてこちらを見ている。じろりとにらまれて、ただでさえ緩んでいた頬が更に緩んだ。

その視線はやっぱり、俺とよっさんが仲良うしてんのが気に入らんてことやんな。

要するに嫉妬の視線だ。

悪趣味だとわかっているが、彼が妬《や》いてくれていると思うだけで胸の奥がくすぐったくてたまらない。

男の名前は進藤貴之《しんどうたかゆき》。同い年だが、浪人していて一学年下の彼は、謙人の恋人だ。

進藤の精悍な容姿だけでなく、そのまっすぐな言葉と態度に一目惚《ひとめぼ》れして、片想いすること約二ヵ月。絶対に叶《かな》わないと思っていた恋が成就《じょうじゅ》したのは、一ヵ月ほど前のことである。初めてできた同性の恋人の存在は、謙人をひどく浮かれた気分にさせる。

進藤と両想いだなんて、今もまだ信じられない。何しろ彼は、同性しか恋愛対象にできない謙人とは違い、異性のみを恋愛対象にしてきた男なのだ。だからこそ自分を好きになってくれた上に、嫉妬までしてもらえる日がくるなんて想像すらしていなかった。

無意識のうちにニコニコしていると、進藤の眉間《みけん》の皺《しわ》が深くなった。

あ、怒った。

焦《あせ》って顔をひきしめると同時に、吉島にきつく背中を叩かれる。

「たっ、何すんねんよっさん」

「自重《じちょう》」

「はい……」

小さいながらも厳しい声音《こわね》で投げられた言葉に、謙人はおとなしく頷いた。普段、サークル内ではできる限り平静に振る舞《ふま》っているが、ここは開放的な酒の席だ。油断するとすぐ内心が出てしまう。それに吉島は、謙人と進藤が付き合っていることを知っている唯一《ゆいいつ》の友人だ。どうしても彼女の前では気が緩む。

「おいコラ進藤、全然飲んでへんやないか」

山室が進藤のグラスを指さして顔をしかめる。確かに先ほど乾杯をした一杯日が、まだ半分ほど残っている。

すると進藤はハッとしたように眉間の皺を消し、苦笑した。

「や、俺あんまり飲んだらあかんのです。許容量超えると気絶するみたいに寝てまうんで」

進藤は真面目で礼儀正しいが、愛想《あいそ》の良い男ではない。それがわかっているからだろう、しかめっ面《つら》をしていた彼の様子を気にする風もなく、山室は首を傾《かし》げる。

「そおやったっけ？　けどおまえとミナ、同じマンションに住んでんのやろ。寝てしもたらミナに送ってもうたらええがな」

軽く言った山室に、あかんあかん、と謙人は慌てて声をあげた。

「無責任なこと言うなムロ。進藤と俺の体格の差を考えぇ。俺一人で進藤を二階に連れてくんは無理や」

マンションの二階の、進藤の部屋の隣の隣、そのまた隣が謙人の部屋なのだ。二階建てなのでエレベーターはついておらず、階段で上り下りするしかない。

「あー、確かにな。ミナは細い方やし、進藤はがっちりしてるもんなあ」

百七十センチの謙人より、進藤は七センチほど背が高い。おまけに剣道で鍛《きた》えた筋肉質な体つきをしているので重い。――はずだ。実際に彼の体を支えたことはないので、本当に重いかどうかはわからないのだが。

支えるっちゅうか、体重かけられたこともないし。

自分の考えに、謙人は頬《ほお》が熱くなるのを感じた。赤くなっているだろう顔色をごまかすためにビールをあおる。

進藤とは、まだキスしかしていない。両想いになって間もなく試験期間に突入したこと、それと前後して進藤がバイトを始めたこともあって互いに忙しく、二人でゆっくりすごす時間がとれなかったのだ。

しかし試験は昨日で終わった。あと一週間もすれば夏休みが始まる。

進藤も謙人も二十歳《はたち》の健康な男だ。プラトニックな関係で満足できる年齢ではない。

そろそろキス以上に進むべき、やんな。

謙人は頬が更に熱くなってくるのを感じた。アルコールがまわってきたらしい山室の陽気な問いかけに応《おう》じつつも、進藤がこちらを見ているのがわかって、余計《よけい》に赤くなってしまう。

正直、謙人も進藤とセックスをしたい。しかし同性を好きな自覚は早くからあったものの、同性とのセックスを経験したことはないのだ。未知の体験だから、体を重ねるのは少し怖い。

そして何より、進藤はノンケだ。同じ男の謙人の体を見たら萎《な》えるかもしれない。やはり男はだめだと思われ、別れを切り出されるかもしれない。——それも怖い。

てゆうか、それが一番怖い。

いくら忙しいとはいえ、同じマンションに住んでいるのだ。進藤に迫られたり誘われたりしたことも、ないことはなかった。しかし謙人は、試験やバイトを理由に拒《こば》んだ。

嫌ではないのに拒絶したのは、ひとえに怖かったからである。進藤は謙人にとって、初めてできた大好きで大切な恋人だ。別れるなんて、考えただけでもぞっとする。

けど俺も、ほんまはやりたいんやけど……。

「あー、ビール足らんな。追加頼もか」

順調に飲み進めていた吉島の言葉に、謙人はハッとした。

テーブルの上には、既に空き瓶がいくつか並んでいる。いつもなら早めに追加を頼むのだが、進藤のことを考えていたせいで気付くのが遅れた。

謙人は慌てて頷く。

「つまみも足らんな。枝豆《えだまめ》と唐揚《からあ》げでええか？」

「揚《あ》げシューマイも頼むわ」

「あ、俺もウーロンハイ追加」

続けて言った吉島と山室に、はいはいと応じて店員の姿を探すと、ちょうど若い男性の店員が、通路を挟《はさ》んだテーブルにいた女性グループの注文を受けているところだった。すんません、と声をかけると、はい、と彼は愛想よく振り向く。

店員に追加注文を告げ終えると同時に、あのー、と女性グループのうちの一人が話しかけてきた。見覚えのない女性だったので、きょとんとする。

するとと彼女はニッコリ笑みを浮かべた。

「学祭の実行委員会の人ですよね」

「あ、はい。そうです」

謙人もニッコリ笑ってみせた。どうやら同じ大学に通う学生らしい。グループの他の女性たちも、ちらちらとこちらに視線を向けてくるところを見ると、謙人の顔に見覚えがあるようだ。

「私らラクロスサークルの一年なんですけど、この後場所変えて一緒に飲みませんか？」

「え？　や、けど、仲間内の飲み会に知らん者《もん》が行っても迷惑やし」

予想外の誘いに、謙人は笑顔を作りつつも言葉を濁《にご》した。初対面の人間を飲みに誘う理由がわからない。

謙人の戸惑いに気付いているのかいないのか、女性はここぞとばかりに身を乗り出してくる。

「全然迷惑やないですよ。どっちみち二次会行かはるんでしょう？　安《やす》うてええ店知ってるんで、一緒に行きましょう」

「あー、ごめんなー」

横から顔を出して明るく応じたのは吉島だった。謙人の背中越しに、女性グループに笑いかける。

「二次会で行く店予約してあんねん。このテーブルの人間、皆行く予定になってるから付き合えんのやわ」

きっぱりとした物言いに、女性らは一斉《いっせい》に怯《ひる》んだ。大学内でも有名な美人である吉島のことを知っている者がいたのか、ただ単に迫力負けしたのか、ひそひそと言葉をかわす。かと思うと一様《いちよう》にひきつった笑いを浮かべ、そそくさと身を引いた。

女性たちがそれ以上話しかけてこなかったので、謙人もテーブルに向き直る。

とりあえず断れてよかったけど、二次会て予約してたっけ？

聞いていなかったので首を傾げていると、進藤と目が合った。一度は消えたはずの眉間の皺が、再びくっきりと刻《きざ》まれている。

わ、ものごっつ怒ってる。

先ほどよりひどい仏頂面《ぶっちょうづら》を目《ま》の当たりにして焦《あせ》っていると、吉島に容赦《ようしゃ》なく背中を叩かれた。イテ、と思わず声をあげる。

「何すんねん、よっさん」

「ああゆうのはきぱっと断らなあかんで」

小声で注意されて、謙人は眉を寄せた。

「けど急に言われたから。まさかこんなとこで初対面の人に、いきなり誘われるて思えへんやんか」

「そしたらせめてそのニコニコ顔をどうにかせえっちゅうの」

女性グループに聞かれないようにするため、声を潜《ひそ》めて話していると、ワハハ、と山室が豪快に笑う。

「ミナは癒《いや》し顔が地やからなあ」

「ミナ先輩、ぽやーっとしてはるから余計狙《ねら》われるんすよ」

進藤の隣にいた一年の男が、わけ知り顔で頷く。すると山室はまた笑った。彼は酔うと笑い上戸《じょうご》になる。

「確かに最近隙《すき》だらけな感じやな。まあ前から隙多かったけど」

勝手なことを言われているのに反論の言葉が見つからず、謙人はただ眉を八の字にするしかなかった。隙云々《うんぬん》はともかく、進藤と恋人になれた最近の自分が、常になく浮かれているのは確かだからだ。

それにしても、ムロにまで隙だらけて言われるてな……。

自分で思っている以上に、態度や顔に嬉しい気持ちが出てしまっているらしい。

「確かにミナて癒し顔やけど、見た目わりと普通やんか。特別カッコエエわけやないのに、何でもてるんやろ。進藤のがよっぽどもてそうやのに不思議や」

首を傾げた三年の先輩に答えたのは、ビールを飲みほしたところだった吉島だ。

「ハードルの問題ですよ、先輩」

どん！　とグラスをテーブルに置いた彼女に、先輩はきょとんとする。

「ハードルて何やねん、よっさん」

「ミナはハードルが低そうに見えるんです。オトコマエすぎんから、この人やったらいけるんちゃうかなて思う。もしいけんかっても、バカにされたりひどいこと言われたりせんて確信が持てる。せやから女の子が安心して声かけてくるんです」

とうとうと説明した吉島に、なるほど、と先輩は納得したように頷いた。

「進藤はオトコマエやけど怖い感じするし、無愛想《ぶあいそう》やからとっつきにくいわな」

「そうなんです。その点ミナは、ニコニコしてるし声かけやすいんですよ」

吉島たちは勝手に分析を進めてゆく。謙人と進藤の話をしているのに、当人である謙人たちに意見を聞く気はないらしい。

謙人は思わず、進藤と顔を見合わせた。切れ長の双眸《そうぼう》から放たれる鋭《するど》い視線に、やはり嫉妬が滲《にじ》んでいるのを感じて、へら、と笑ってしまう。

すると、進藤の眉間の皺がまた深くなった。

あ、もっと怒った。

今更のように慌てた謙人は、ゴメンと目で謝った。が、進藤はむっつりとしたままだ。不機嫌そのものの表情に焦って片手で拝《おが》む仕種《しぐさ》をすると、バシ、と再び吉島に背中を叩かれた。

「自重」

「はい……」


「ハードルが低いてゆうより無防備なんですよ、最近の皆内さんは」

ビールを一口飲んだ進藤は、ぶっきらぼうに言った。

同じくビールを一口飲んで、謙人は瞬きをする。

「無防備？」

「そうです」

謙人の横に座った進藤は、大きく頷いた。こちらを見下ろしてくる彼の眉間には、居酒屋にいたときにできた皺がそのまま残っている。その皺すらもカッコイイと思ってしまうのだから、進藤に相当参《まい》っているということなのだろう。

居酒屋を出て、吉島を含めた数人のメンバーと共にカラオケに流れた後、二人で進藤の部屋へ戻ってきた。帰宅途中にコンビニがあったことを幸いに、飲み足りないからビールを買って帰りたいと言うと、進藤は俺も飲むと言い出した。おまえは俺と違《ちご》て弱いんやからやめとけと止めたのだが、まだ数人のメンバーたちと一緒だった手前、引き下がれなかったのか、あるいはただ単に謙人に負けたくなかったのか、大丈夫ですと押し切られてしまった。二次会でも飲んだというのに、帰宅してまた二人で飲んでいるのは、そのせいだ。

ちなみに吉島が二次会の店を予約していると言ったのは嘘だった。嘘やったんかと目を丸くすると、吉島はあきれたようにため息をついた。当たり前やろ。あのコらをあきらめさすために言うただけや。――彼女のその言葉を聞いていた進藤は、やはりしかめっ面だった。

「前から隙はありましたけど、最近特にひどい」

「ひどいて何やねん」

ビールをあおりつつ横目でにらむと、進藤はため息を落とした。

「そういう顔がもう無防備やねん。前は隙はあっても無防備やなかったのに」

敬語を取り払った進藤に、謙人は思わずニッコリ笑った。ただの先輩後輩だった頃には聞けなかった砕《くだ》けた口調に、何ともいえず幸せな気分になる。

恋人になる前から、同い年だから敬語は使わなくていいと何度も言っていたのだが、同い年でも先輩だからと、進藤は敬語を崩《くず》さなかった。もどかしさを感じる一方で、彼のそうした真面目で硬いところに惹《ひ》かれたのも確かだ。

「皆内さん、俺の話聞いてる？」

不審げに尋ねられて、謙人は慌てて緩んだ頬を引きしめた。

「聞いてるよ。無防備なんやろ」

「……聞いてへんな」

「聞いてるて。けど初対面の人にきつい言い方するんおかしいやろ」

遠慮がちに、それでも思ったことを口にすると、進藤はまたため息をついた。しかめっ面に苦笑が浮かぶ。

目尻にできた皺に、謙人は目を奪われた。この笑い皺が、いや、笑い皺も好きだ。

ぼうっと見惚《みと》れていると、頭を柔《やわ》らかく小突かれる。

「そうかもしれんけど、せめてもうちょっと警戒してくれ。危なっかしいて見てられん」

「危なっかしいて、そんな大袈裟《おおげさ》な。俺女の子に興味ないから大丈夫やで」

むしろ心配なのは進藤の方だ。先輩が言っていた通り、謙人の欲目を除いても、進藤はかなりの二枚目である。浅黒い肌や意志の強さを表したような直線的な眉、切れ長の双眸はもちろんのこと、それらのパーツが与える鋭い印象を和《やわ》らげるやや厚い唇も、男っぽい魅力にあふれている。女性が放っておくはずがない。

「俺より進藤こそ」

女の子に声かけられてんのとちゃうか、と続ける前に、アホ、とツッこまれた。もともと真面目ながら口が悪い男だったが、恋人になってある意味遠慮がなくなったせいか、ツッコミも容赦がない。

それが嬉しいて俺はマゾかも……。

知らず知らず再び頬を緩めると、コラ、と頭を掌《てのひら》で叩かれた。が、戯《たわむ》れのような仕種だったので、少しも痛くない。

「そういうのが無防備や言うてんねん。あんたにその気がのうても、相手にあったらあかんやろ。しかも今日は吉島さんに守られてるし」

「別に守られてへんで。たまたまよっさんが断ったけど、よっさんがおらんかってもちゃんと断る」

謙人はうんと頷いてみせた。きつい言い方は苦手だが、嫌なことは嫌だと言える。あの場に吉島がいなくても、最終的にはきちんと断った。

しかし進藤はひそめた眉を開かなかった。苦々《にがにが》しげにこちらを見遣る。

「そういう問題やない。吉島さんがしたことは、ほんまは俺がすることや。けど男の俺が皆内さんに声かけてくる女の子を追い払うんは不自然やろ」

進藤が女性グループだけでなく吉島にも嫉妬していたとわかる言葉に、謙人は感慨《かんがい》を覚えた。

進藤は一時期、吉島のことが好きだったのだ。本当は謙人を見ていたのだが、同性を好きになるはずがないという思い込みから、謙人の側《そば》にいる吉島のことが好きだと勘違いしたと言っていた。

本当に勘違いだったのかどうかはともかく、吉島を好きだと思っていた時期は、進藤の中に確かに存在している。そのことを思うと、進藤と両想いになれた今の状況は、まさに奇跡だ。

「せやからせめて警戒して、ある程度自衛してください」

真顔で言われて、わかった、と謙人は素直に頷いた。大好きな人にやきもちを焼いてもらえて、心配してもらえているのだ。警戒ぐらい、いくらでもする。

「これからは気ぃつける」

「ほんまか」

「ほんまや」

大きく頷くと、進藤はまた苦笑した。見下ろしてくる漆黒《しっこく》の瞳に映っているのは、紛《まぎ》れもない愛《いと》しさだ。

「そないニコニコしながら言われても、いまいち信用できんのやけど」

まあええか、とつぶやいた唇が、軽く唇に触れる。

突然のキスに瞬《まばた》きをした謙人は、次の瞬間、頬が熱くなるのを感じた。付き合って約一ヵ月が経《た》つが、進藤からのキスを自然に受け止められた例《ためし》がない。

一方の進藤は、小さく笑って目許《めもと》にも口づけてきた。ビールの缶をローテーブルに置いたかと思うと、ためらう様子もなく腕を伸ばし、謙人の肩を包み込むように抱く。こうした恋人らしい仕種は、ノンケの進藤の方がずっと自然だ。

「皆内さん、夏休みは実家に帰るんか？」

緊張で固まってしまった体を解《ほぐ》すように、ゆっくり腕を撫《な》でられ、謙人はどうにか笑顔で応じた。

「一応帰るけど二、三日程度や。夏休み入ったら学祭の準備で忙しいなるし、合宿もあるから、ほとんどこっちにおると思う。進藤は？」

「俺も盆《ぼん》に二、三日帰るぐらいや。学祭の準備っちゅうても毎日やないし、せっかくの夏休みや、二人でどっか行かへんか？」

進藤の優しい声が体から直接伝わってきて、謙人はひどくくすぐったい気持ちになった。

いかにも恋人って感じやなあ……。

そう思ってしみじみする。

「どっか行くてどこへ？」

体の力を抜きながら問うと、進藤は軽く首を傾げた。

「皆内さんの行きたいとこやったらどこでも。あんまり金のかかるとこには行けんけどな」

「あ、そしたら俺、こないだできた屋台の店がいっぱい集まったビルに行ってみたい。テレビで紹介してたん見てたら、ごっつ旨そうなヤキソバがあってん」

毎日顔を合わせていても、改めて二人で出かけたことなどない。つまり、デートをしたことは一度もないのだ。初デートだと思うだけで、自然とうきうきとした口調になってしまう。

「めっちゃ行列できるらしいんやけど、夏休みやったら時間あるやんか。進藤と一緒やったら待ってんのも楽しいやろし、せやから一回そこへ」

「皆内さん」

名前を呼ばれて先を遮《さえぎ》られる。かと思うと肩を抱いていた進藤の腕の力が緩み、わずかに上体を離された。至近距離で覗《のぞ》き込《こ》まれ、カッと顔が熱くなる。

わ、めっちゃ近い。

一度はリラックスした体が、また強張《こわば》る。力を緩めただけで離したわけではない腕から謙人の緊張が伝わったのだろう、進藤は苦笑した。

「ヤキソバ食いに行くんもええけど、俺と皆内さん、恋人やで。どっか行く言うたらやっぱり泊まりの旅行やろ」

　恋人という言葉と、泊まりという言葉の両方に、謙人はますます赤くなってしまった。ただのデートではなく、泊まりの旅行。

　いかにもやりましょうって感じや……。

　確かに二人きりで行く泊まりがけの旅行は、進藤とのセックスに対する不安や恐怖を振り払う良いきっかけになるかもしれない。もともと体をつなぎたい欲求はあるのだ。旅先で開放的な気分になれば、きっと己《おのれ》の体をさらすことも怖くなくなるだろう。

　――てゆうか開放的て。

　自分の考えが無性に照れくさくてうつむこうとした顎《あご》を、進藤の長い指が捕らえる。そのまま上向《うわむ》かされて、謙人は焦った。

「し、進藤」

　耳まで真っ赤になっているだろう自分が恥ずかしくてたまらず、進藤の指をはずそうとする。が、骨太な指はしっかり顎を捕まえて離れない。赤い顔を見られたくないのに、間近でまじまじと見下ろされてしまう。

　涙目になりながらも、羞恥《しゅうち》をごまかすためににらみ返すと、進藤はなぜか感心したようにつぶやいた。

「皆内さん、かわいいなあ」

どこまでも真面目な顔をしている進藤に、謙人は大きく瞬きをした。

「はあ？　おまえ、何を言うてんねん」

「何て、恋人がかわいいて思うん普通やろ。実際めっちゃかわいいし」

ためらうこともなくきっぱり言われて、謙人はパクパクと口を動かした。進藤の生真面目《きまじめ》な性格は、睦言《むつごと》を囁くときにもそのまま発揮される。普通の男なら照れて言えないようなことでも、あっさり口に出すのだ。

何と返していいかわからなくて固まっていると、唇に軽くキスをされた。

「ヤキソバも食いに行くけど、それだけ違《ちご》て、近場でええから二、三泊しよ」

「……う」

「う、て何や。ちゃんとうんて言え」

言葉は命令だったが、声そのものには蕩《とろ》けるような甘さが含まれていて、ますます声を出せなくなってしまう。それでも意志表示はしたくて、こくこくと何度も頷くと、再び肩を強く抱かれた。かと思うと、進藤はまた唇を重ねてくる。

今度のキスは触れるだけでは終わらなかった。吸い寄せられるように瞼《まぶた》を落とすと同時に、濡れた感触が忍び入ってくる。

「ん……」

柔らかいくせに弾力《だんりょく》のあるそれに口内を探られ、我知らず小さく声が漏《も》れた。深くなる一方の口づけに応《こた》えながら、既に空《から》になっていたビールの缶を床に置く。うまく立たなかったそれは、カラカラと音をたてて部屋の隅に転がっていった。その間もキスはやまない。

恥ずかしいけれど、その何倍も気持ちがよかった。高校生の頃、自分の性的指向をどうしても認められず、無理をして付き合った女性と経験した一度きりのセックスのときにも、こんな濃厚《のうこう》なキスはしていない。告白すらできずに片想いで終わった男性たちとは、言わずもがなだ。

「っ……」

角度を変えられ、息を継《つ》がせられる。は、と漏れた甘い吐息を、再び重なった進藤の唇が奪《うば》った。

途切《とぎ》れることのないキスに応えやすいように、体が自然と進藤の方を向く。自《みずか》らも舌をからめると、肩をつかんだままの進藤の指に力がこもった。ちゅ、と小さな水音が唇の隙間からあふれる。

「ん、う」

体の芯《しん》が次第に熱をもってくるのがわかった。同時に、じわりと恐怖も湧《わ》く。

もしかして、このままするのだろうか。

進藤は男の体抱くん、抵抗ないんやろか。

片隅に追いやられた理性で考える。

恋人として泊まりがけで出かけようと言うからにはセックスをするつもりなのだろうが、進藤は男を抱くという行為がどういうことか、本当にわかっているのか。

進藤より華奢《きゃしゃ》とはいえ、謙人の外見に女性的なところはない。特別整った顔立ちでもない。至極《しごく》地味な、薄味の顔だ。男だから当たり前だが、体は硬く、柔らかさも丸みもない。胸の膨《ふく》らみもなければ、進藤とつながるために自然に潤《うるお》う場所もない。

それどころか、進藤と同じ男の証《あかし》を持つ体なのだ。進藤を受け入れるために、入念《にゅうねん》な準備が必要な体でもある。

女性になりたいと思ったことはないし、男である自分の体を嫌だと思ったこともないが、進藤にどう思われるかは気になる。

一人だけだが、進藤は女性と寝たことがあるらしい。高校のときに付き合っていた女性とセックスを経験したそうだ。高校を卒業後、地元に残って浪人生活を送ることになった進藤と離れ、東京の大学へ進学した彼女からの連絡が途絶えがちになり、話し合って別れたという。男性を恋愛対象として見たことは、今まで一度もないと言っていた。

もしかしたら、男の体目の前にしたら欲情せんかもしれん。

不安が突き上げてきて身じろぎすると、進藤がわずかに唇を離した。つられて薄く目を開ける。

視界に飛び込んできたのは、互いの唇をつなぐ細い糸だった。儚《はかな》いそれはすぐに切れ、既に充分潤っている唇に吸収される。

ずっと好きだと思ってきた、進藤の厚めの唇が濡れているのを目の当たりにして、謙人は怯《ひる》んだ。こちらをまっすぐに見つめてくる黒い瞳は、熱っぽく潤んでいる。小麦色の肌もうっすらと上気していた。

……進藤、興奮してる。

ぞく、と背筋に震えが走った。自分とのキスで興奮してくれたのだと思うと嬉しい。

しかし恐怖は拭《ぬぐ》いきれなかった。進藤が興奮しているのは、まだ謙人の体を直《じか》に見ていないからかもしれない。下肢《かし》に存在する男の証に触れていないからかもしれない。

「あ、あの、進藤……」

呼んだ声は濡れていた。それを先の行為を促《うなが》しているととったのか、進藤はシャツのボタンに手を伸ばしてくる。

「進藤、待って」

咄嗟《とっさ》に彼の手をつかむが、一番上のボタンははずされてしまった。休むことなく二番目のボタンに手がかかる。

「ちょ、待って、て」

「何?」

「あの……、あのな」

謙人は言葉につまった。

どう言うたらええんや……。

やめてほしいと言ったら、触れられるのを嫌がっていると思われるかもしれない。しかし決して嫌ではないのだ。けれどこれ以上先に進まれるのは怖い。

どないしょう。

今日はもう、試験やバイトを言い訳にはできない。

思っていることを口にする決心がつかなくて逡《しゅん》巡《じゅん》していると、ふいに進藤が肩に額《ひたい》を預けてきた。

「し、進藤？」

まさか、このまま押し倒されるのか。

謙人は焦って体を引いた。引いた分だけ、進藤は体重をかけてくる。筋肉質な体は想像していた通りにずしりと重く、支えきれない。

「わ、わ、わっ」

間の抜けた声をあげ、謙人は進藤もろとも床に倒れてしまった。

「ちょっ、ちょお待て、進藤」

もがきながら呼ぶが、返事はなかった。かわりに聞こえてきたのは、すう、すう、という規則正しい寝息である。

「進藤？」

もう一度呼ぶが、やはり返事はない。覆《おお》いかぶさっている硬い体からは、完全に力が抜けていた。どうやら眠ってしまったようだ。くり返される健康的な呼吸が耳に当たって、くすぐったい。

酒の許容量《きょようりょう》超えてしもたか……。

謙人は思わず大きく息を吐いた。飲み会で既にけっこうな量を飲んでいた上に、謙人に付き合ってまた缶ビールを飲んだのだ。進藤はもともと酒に弱い。眠ってしまっても不思議はない。

改めて進藤を見下ろした謙人は、彼の指が未練がましく三番目のボタンにかかっていることに気付いた。間違いなく欲情した男の仕種なのに、無心に眠っているせいか、親にしがみつく子供のように見えて笑みがこぼれる。

「おまえも、カワイイよな」

つぶやいて、謙人は進藤のたくましい体にそっと両腕をまわした。

アルコールが入っているせいだろう、シャツ越しに伝わってくる体温は高い。硬いくせに柔らかさもある筋肉の感触と、彼の熱が自分の体に浸透《しんとう》してくる感覚、そして心臓の音が直接伝わってくる感覚が心地《ここち》好くて、吐息が漏れた。

この体に、進藤に抱かれたら、どんなんやろ。

ノンケの進藤に、本当に抱いてもらえるのか。——そうした不安はあるが、その恐怖を上回る快感を想像することができる。大好きな人に抱かれるのは、きっと今まで経験したことがない気持ちよさだろう。

旅行、楽しみや。


翌日は朝から晴れていた。天気予報によると、来週の半《なか》ばには長かった梅雨《つゆ》が明けるらしい。

一年のときから続けているカフェバーでのバイトを終えた謙人《けんと》は、進藤《しんどう》と落ち合う約束をしているコンビニエンスストアへ向かった。時刻は午後十一時すぎ。進藤もそろそろバイトを終える頃だ。

帰宅する時刻が重なる日曜は、互いの帰り道の途中にあるコンビニで待ち合わせて一緒に帰る。いつもは自転車で通《かよ》っているのだが、日曜に限って徒歩でバイト先へ向かうのは、進藤と並んで歩いて帰るためだ。

昨夜《ゆうべ》、どうにか進藤の下から抜け出したものの、重くてベッドに運ぶことができず、謙人は床に寝転がったままの恋人にタオルケットをかけてやった。自分の部屋へ帰ろうかとも思ったが、すうすうと子供のような寝息をたてる進藤から離れがたくて、結局、彼の隣で眠った。そして朝、進藤より早く目を覚ました謙人は、気持ちよさそうに眠る彼の寝顔を堪能《たんのう》した。

視線を感じたのか、うなりながら目を開けた進藤に、おはようと声をかけると、彼はゆっくり瞬《まばた》きをした。そして次の瞬間、大きなため息を落とした。俺だけ寝てしもてごめんと謝る彼に、謙人は笑った。

ええで。進藤のカワイイ寝顔たっぷり見られたしな。

からかう口調で言うと、進藤は眉《まゆ》を寄せた。

皆内《みなうち》さんが酒強いてサギや。酔《よ》うてもクダまいたりからんだりせんし、顔にもほとんど出んし。

サギて何やねん、と顔をしかめた謙人に、サギやろ、と進藤はすかさず返した。

俺は酔うてぐにゃぐにゃになった皆内さんが見たい。絶対、めちゃめちゃかわいいはずや。

真顔で言った進藤の頭を、アホか、と謙人はきつめに叩いた。

「本気で言うてるとこが怖いよな……」

進藤の真面目な物言いを思い出して赤面しつつ、謙人は街灯に照らされた夜道を急いだ。日が沈んで随分経《た》つというのに、気温は高いままである。湿度も高く、じっとりと水分を含んだ重い空気が全身にまとわりついてくるようだ。

しかし今から進藤に会えると考えただけで、足取りは軽くなる。昨夜も今朝も一緒にいたのに、会いたい気持ちはつのるばかりだ。

そういや先週の日曜に、初めて外で手ぇ握《にぎ》られたんやったっけ。

今はシャッターを下ろしている花屋の前を通りながら、謙人は頬を緩《ゆる》めた。

今日と同じように、バイトの帰りに待ち合わせたコンビニから一緒に帰る途中の出来事だった。人気《ひとけ》のない深夜の道では、昼間にはできないことができる。偶然触れ合った指先をつかまれたときの驚きと嬉しさは、今も鮮明《せんめい》だ。キスは既に何度もしているくせに、手をつなぐぐらい何だと思われるかもしれないが、本当に好きな人と手をつなぐのは初めてで、まるで少年のように胸が高鳴った。

思わず見上げた先にあった優しげな笑み。しっかりと指にからんだ骨太な指。謙人に合わせて、常よりわずかに遅い歩調を刻《きざ》むスニーカー。――そのときの進藤の何もかもを、はっきりと覚えている。

進藤が離そうとしなかったこともあるが、何より謙人自身が彼の手を離したくなくて、マンションの前まで手をつないだまま帰った。今思い出しても胸が熱くなる出来事だ。

今日は自分から手を握ろうか。進藤はどんな顔をするだろう。

驚いて目を丸くするかもしれない。けれどきっと、すぐ嬉しそうに笑う。そして謙人の手を、しっかりと握り返してくれるはずだ。

コンビニの明かりが見えてきて、進藤に早く会いたい気持ちでいっぱいだった謙人は、おのずと駆け出した。

あ、おった。

店の前に長身の男が立っている。

進藤、と笑顔で呼ぼうとした謙人は、恋人の隣にもう一人、細身の男性が立っていることに気付いた。進藤は彼と話をしている。知り合いらしい。

駆けていた足を歩みに戻して近寄ると、男の方が先にこちらに気が付いた。彼の視線につられたように、進藤も振り向く。

男に会釈《えしゃく》しつつ、謙人は進藤に歩み寄った。

「待たしてごめん」

「そんな待ってへんから大丈夫や」

答えた進藤の横で、男はじっとこちらを見つめてくる。謙人も我知らず彼を見つめ返した。

背は進藤より低いが、謙人よりは高い。短めの髪は金色に染《そ》められていた。Tシャツに細身のジーンズというありふれた服装だが、ピアスをはじめ、首や腕にシルバーのアクセサリーをたくさんつけている。特別整っているわけではないが、派手な出《い》で立《た》ちに負けない華やかな面《おも》立《だ》ちだ。謙人には見覚えのない人物である。

何か、めっちゃ見られてる気ぃするんやけど……。

困惑が顔に出てしまったのか、彼は謙人を安心させるようにニッコリ微笑んだ。邪気《じゃき》のない笑みに、反射的に笑い返す。

何に驚いたのか目を丸くした男は、クス、と小さく笑うと、気やすげに進藤を肘《ひじ》で突いた。

「何や進藤、やっぱり待ち合わせやったんやないか」

「待ち合わせやないとは言うてません」

不機嫌そうに眉を寄せた進藤は、彼から離れて謙人の横に立った。そして改めて金髪の男に向き直る。

「バイト先の先輩のヒダカさん」

ぶっきらぼうに紹介した進藤に続いて、男が口を開く。

「日の出の日に高いで日高《ひだか》です。先輩っちゅうても、ちょっと前からバイトに入ってるだけやけどな。普段憎たらしいぐらい落ち着いてる進藤が妙にそわそわしとるから、誰と待ち合わせしてんのやろて気になってついてきてん。まあ、もともとこの近くに住んでんのやけど」

淀《よど》みのない軽やかな口調で一息にそこまで言った男——日高を、進藤はじろりとにらむ。

「もうええでしょう、日高さん。帰ってください」

「えー、そんなつれないこと言わんと。もうちょっと話さしてや」

やはり軽い口調で言って、日高は進藤とは反対側の隣に立った。

彼がなぜ横に並んだのかがわからなくて、きょとんとして見上げる。すると日高はまたニッコリ笑って見下ろしてきた。

「名前は？」

「あ、皆内《みなうち》です。進藤がお世話になってます」

慌てて頭を下げると、日高は噴き出した。

「進藤のオカンみたいな言い方やなあ。わざわざ待ち合わせしてるて、何か特別な関係？」

特別な関係、という言葉がひどく意味深《いみしん》に聞こえて、謙人は内心ぎょっとした。確かに特別な関係だが、正直に答えるわけにはいかない。日高は進藤のバイト先の同僚である。進藤が男と付き合っているという噂が広まったら大変だ。

ゲイの自覚がある謙人ですら、偶然その事実を知られた吉島《よしじま》以外には、誰にもカムアウトしていない。もともとノンケの進藤は言わずもがなだろう。

「特別て別に。サークルの後輩なんですよ」

できるだけ明るい声で言うと、日高はこちらを覗《のぞ》き込《こ》んできた。

「後輩て、皆内君が後輩？」

「いえ、進藤が後輩です」

「え、マジで？　皆内君より進藤のが老《ふ》けてんのになあ。ところで皆内君、下の名前は何？」

突然話が飛んで、謙人は瞬《まばた》きをした。

下の名前て、何でそんなこと聞くねん。

初対面の男の名前を、わざわざ尋ねる意味がわからない。

怪訝《けげん》に思って見上げると、日高は人懐《ひとなつ》っこい笑みを浮かべた。ニコッという音が聞こえてきそうな笑みである。

不思議なことに、その笑顔を目《ま》の当たりにすると、名前を教えるのが当然のように思えてきた。外見だけを見ると、道ですれ違ったら目を合わせたくないタイプの典型なのに、なぜか警戒心が湧《わ》かない。

「皆内ナニ君?」

屈託《くったく》のない口調で重ねて問われ、謙人です、と思わず答えかけたそのとき、日高さん、と進藤が呼んだ。

「ええ加減にしてください。皆内さん困ってるでしょう」

威嚇《いかく》するような低い声だったが、日高は少しも動じなかった。悪びれる様子もなく、謙人の頭越しに進藤に笑いかける。

「や、すまんすまん。俺ん中では、かわいいコの名前聞くんは最低限の礼儀やから」

あっさり言ってのけた日高は、再び謙人に視線を戻して笑った。一応笑い返したものの、今度は半笑いになってしまう。進藤にはよく言われるが、一般的に考えて『カワイイ』は男に対する褒《ほ》め言葉ではない。

それやのに俺の名前聞くて、どういうことやねん。

やはり意味がわからなくて眉を寄せていると、日高は悪戯《いたずら》っぽい笑みを浮かべた。

「あ、皆内君不審《ふしん》がってる」

「えっ、や、不審て、別にそんな」

慌てて手を横に振ると、日高は楽しそうに笑った。

「不審に思《おも》てもええよー。全然気にしてへんから。俺ゲイやねん。せやからカワイイ男のコの名前は聞きたなんのや」

あっけらかんとした物言いに、謙人は瞬きをした。

げいて、ゲイ……？

えっ！　と思わず大きな声をあげてしまう。咄嗟《とっさ》に進藤を振り向くと、彼は苦虫《にがむし》を噛《か》み潰《つぶ》したような顔で頷いた。どうやら既に、日高がゲイだと知っているらしい。

進藤はバイトてゆう関わりがあるからええとしても、俺みたいなどこの誰かもわからん人間に、そんな重大なこと言うてしもてええんか？

心配になって日高に向き直ると、彼は再びニッコリ笑った。

「皆内君、優しいなあ。気ぃ遣《つこ》てくれんでも大丈夫やで。進藤だけと違《ちご》て親も兄弟も、バイト先の同僚も大学の同級生も皆知ってるから」

ためらう風もなく言ってのけた金髪の男は、やはり明るい笑みを浮かべていた。構える様子も警戒する様子もない。決して多数派ではない己《おのれ》の性的指向を告白したばかりとは思えない、自然な雰囲気である。

同じ指向の人と接触するのは初めてだ。いつかどこかで知り合えたらと思ってきたけれど、まさか、こんな風に往来《おうらい》でいきなり会うなんて、欠片《かけら》も想像していなかったので驚く。

同時にまた、感心もした。

俺は誰にも言えてへんのに、凄《すご》い。

カムアウトすればそれでいいというものではないとは思う。置かれた状況、そして考え方は、ゲイといえども各々《それぞれ》異なるからだ。

しかし己の性的指向を公《おおやけ》にして尚《なお》、無理のない自然な空気を纏《まと》う日高には羨望《せんぼう》を覚える。

我知らずじっと見つめると、日高は軽く首を傾《かし》げた。

「皆内君、さっきからめっちゃ俺のこと見てるけど、カミングアウトしてるゲイ見んの初めて？」

「えっ、あ、じろじろ見てすんません」

見すぎていた自覚があったので、謙人は慌てて謝った。悪気は全くないが、日高とは初対面なのだ。不快に思われたかもしれない。

しかし日高は、ええよーと明るく応じた。さりげない仕種《しぐさ》で謙人の肩に腕をまわす。

「皆内君カワイイから許す。ところで下の名前は何て言うんやったっけ？」

「日高さん」

地を這《は》うような低い声が聞こえてきたかと思うと、腕を強く引かれた。突然の出来事によろけてしまったが、進藤の厚い胸がしっかりと支えてくれる。

抱き寄せられたような形になって、謙人は焦《あせ》った。

「進藤」

離せ、という意味を込めて呼ぶが、彼は答えない。謙人の腕を捕らえたまま、日高をまっすぐにらみつける。

「ほんまに、ええ加減にしてください」

明らかに怒った物言いだったが、日高は怯《ひる》まなかった。それどころか、おもしろそうに進藤を見返す。

「何やねん、その怖い顔。皆内君てそんな大事な先輩なんか？」

「大事です」

きっぱりと言い切った進藤に、謙人は嬉しいと思うより仰天《ぎょうてん》した。

何を思い切り宣言してんねん。

最悪、自分がゲイだと知られるのはいい。事実だからだ。

しかし進藤は違う。

「一応先輩やから気ぃ遣《つこ》てくれてるんですよ。な、進藤」

できる限り明るく言うと、じろりとにらまれてしまった。

アホ。ばれたらどないすんねん。

目で咎《とが》めるが、進藤は不機嫌な顔を崩《くず》さない。こんなときまで生真面目《きまじめ》な恋人に、焦りがつのる。今はとりあえず日高から離れた方が良さそうだ。

「あの、お疲れのとこ引き止めてしもてすんません。俺ら失礼します」

つかまれていた腕で進藤の腕をつかみ返した謙人は、彼を引っ張って歩き出した。

これには進藤も逆らわない。おとなしく後をついてくる。

「お疲れ進藤、またな皆内君」

日高のよく通る声が追いかけてきて、肩越しに会釈を返す。進藤も根が真面目なので、仏頂面《ぶっちょうづら》ながらも頭を下げた。普段なら進藤らしくて好きだと思ったかもしれないが、今の謙人はそれどころではない。

角を曲がり、コンビニの前に立っている日高の姿が完全に見えなくなってから、謙人は進藤をにらんだ。

「おまえ何で大事とか言うねん。勘《かん》ぐられたらどないするつもりや」

声を潜《ひそ》めて言うと、進藤はきつい視線を向けてきた。

「皆内さんこそ、後輩て何やねん」

詰問《きつもん》する物言いに、謙人は語気を弱めつつも答える。

「何てほんまのこと言えんやろ。それにおまえ、実際後輩やし」

本当のことを言ったまでだったが、進藤は眉間《みけん》の皺《しわ》を深くした。厚めの唇も、一文字に引き結ばれる。

あ、めっちゃ怒った。

ギクリと体が強張《こわば》ると同時に、つかんでいた腕を再びつかみ返された。先ほどつかまれたときの倍以上の力で手首を握られる。

無言のまま強い力で引っ張られ、謙人は顔をしかめた。

「ちょ、進藤」

つかまれた手首が痛くて、早足で先を行く彼を呼ぶ。

しかし進藤は、ちらとも振り返らない。

「なあ、痛いて進藤」

もう一度呼ぶが、進藤は謙人をつかむ手の力を緩めることも、歩みを止めることもしなかった。人気《ひとけ》のない夜道を、無言で歩いてゆく。もともと固い男だが、こんな頑固《がんこ》な進藤は初めてかもしれない。

仕方なく進藤に合わせて早足で歩きつつ、謙人は困惑していた。

日高さんにばれんように、後輩て言うただけやてわかってるはずやのに、何でそんな怒んねん……。


進藤が謙人を引っ張っていったのは、今朝まで一緒にいた進藤自身の部屋だった。

ドアを閉めるなり手首は離された。かわりに、正面から力まかせに抱きしめられる。勢い余って、謙人は進藤の肩口に顔面をぶつけてしまった。

「し、進藤？」

突然の出来事に驚いて呼ぶが、返事はなかった。ただ、背中や腰にまわった筋肉質な腕に力がこもる。きつく抱きしめられて痛いぐらいだ。閉め切っていたせいで蒸《む》し暑《あつ》い室内の空気も手伝って、余計に息苦しい。

「……警戒せなあかんて言うたやろ」

低い声が聞こえてきて、謙人は瞬きをした。

「警戒て」

「日高さん。あの人ゲイなんやぞ。もっと警戒せえ。無防備に笑うな。簡単に触らすな」

怒ったような物言いに、謙人は再び瞬きをした。

俺が日高さんに触られたんが気に食わんかったんか？

しかし先ほどの接触は、触られるなどという大仰《おおぎょう》なものではなかった。肩に手を置くぐらいのスキンシップは、男同士でもよくあることだ。現《げん》に昨夜の飲み会でも、山室《やまむろ》や古川《ふるかわ》をはじめ、実行委員会の男性メンバーに肩を組まれたり背中を叩かれたりした。進藤もその場面を見ていたが、昨夜は何も言わなかったのに。

「肩抱くぐらい普通の友達でもするやろ。だいたい、ゲイやからって男やったら誰でもええってわけやないし」

宥《なだ》めるように言うと、アホ、とすかさず返された。密着した硬い体から、言《い》い様《よう》のない焦りのようなものが伝わってくる。

「日高さんがあんたのこと気に入ったてわかったやろが。それやのにあんたニコニコするし触らすし。警戒せえて言うたやろ」

「や、せやから触らすてそんな大層《たいそう》なこととちゃうやろ。それにニコニコしたんは、おまえの同僚やからや。深い意味なんかない」

ゆっくりとした口調で応じつつ、謙人は内心で首を傾げた。

進藤て、こんな嫉妬深い奴やったっけ？

進藤は基本的に、落ち着いて真面目な男だ。無闇に己の感情を暴走させたりはしない。こんな風に聞きわけのない子供のような態度をとるのは珍しい。

――いや。前にもこんなんあった。

謙人のことが気にかかって仕方がないのに、それが好きだからだと気付けなかったときにも、己の苛立《いらだ》ちをぶつけてきた。

異性のみを恋愛対象にしてきた進藤が、同性である謙人を好きな気持ちを認めるだけでも、相当な葛藤《かっとう》があったということだ。今もまた、異性相手の恋愛とは違う何かに悩んでいるのかもしれない。堂々とカミングアウトする日高を目の当たりにして、その悩みに拍車がかかったか。

「どないしたんや、進藤」

進藤の表情を確かめようと身じろぎするが、上半身すら離してもらえなかった。顔を見るのはあきらめ、唯一自由になる手で広い背中を撫でる。

「何かあったんか？」

できる限り優しい声で尋ねると、いきなり肩をつかまれた。密着していた体を引《ひ》き剝《は》がされると同時に、乱暴に唇を塞《ふさ》がれる。

「んっ……！」

押し入ってきた舌に驚いて反射的に突き飛ばそうとしたものの、口腔《こうこう》の敏感な部分を探られて拒《こば》みきれなかった。濡れた感触が我が物顔で口内を這いまわる。

貪《むさぼ》るような口づけに目眩《めまい》がして、謙人は思わず進藤の広い肩にすがった。濃厚《のうこう》なキスは幾度《いくど》となくかわしたけれど、応《こた》える余裕すら与えてもらえない激しいキスは初めてだ。息継《いきつ》ぎもろくにできなくて苦しい。

飲みきれなかった二人分の唾液《だえき》が顎《あご》をつたった。強引に開かされた唇から淫《みだ》らな水音が漏《も》れると同時に、カク、と膝《ひざ》が折れる。

それでもキスはやまない。崩れ落ちる謙人の体を追いかけるように、進藤も膝を折る。

「ん、う」

苦しさと快感の両方に翻弄《ほんろう》され、意識が朦朧《もうろう》としてきたそのとき、ようやく唇が離れた。

「は、は……」

必死で息をしている間に、進藤の唇が首筋をたどった。官能的な刺激に、あ、と濡れた声をあげてしまう。

いつのまにか、体が温度を上げていた。熱っぽい体のラインを、進藤の手が大胆に這いまわる。布越しとはいえ、骨太な指や大きな掌《てのひら》が触れてくる感触がはっきり伝わってきて、全身に電流に似た快感が走った。

熱い。それに信じられないほど気持ちがいい。

しかし恐れも突き上げてくる。

このまま衣服を剝《は》がれ、欲情している体を直接見られたらどうなる？

どこにも女性らしいところのない男の体を目の当たりにしたら、進藤は冷めてしまうかもしれない。

……てゆうか、何でこんなことになってんのや。

確かに抱きしめられてはいたけれど、甘い雰囲気があったわけではなかった。なぜ靴も脱がず、玄関口でいきなりセックスなのか。初めてなのに、こんなところでするなんて。

ぼんやりと湧《わ》いた疑問は、荒々しく体をまさぐる手によってかき消される。

「しん……、進藤」

ポロシャツの裾《すそ》をたくし上げようとした進藤の手を、謙人は必死でつかんだ。

「ちょ、待て」

「……嫌か？」

耳に歯をたてられた上に、情欲を滲《にじ》ませた低い声で問われ、あ、と謙人はまた声をあげてしまった。

「や、やない、けど」

切れ切れに答えている間にも、進藤の唇は耳から頤《おとがい》へと移動する。熱い吐息を伴《ともな》った柔《やわ》らかな感触が肌の上を滑《すべ》って、ぞくぞくと背筋が震える。

下肢《かし》に熱が溜《た》まってくるのがわかった。触れられるのが嫌なわけではないのだから、当然の反応だ。

どないしょう。これ以上触られたら、起《た》ちかけてんのばれてまう。萎《な》えられるかも。嫌がられるかも。

「や、やめ」

ポロシャツの中に入り込んできた手を、謙人は身を捩って拒《こば》んだ。

しかし進藤は尚も手を進めようとする。

「嫌なんか？」

「そ、そうやないけど、でも」

「でも何や」

「や、あの……、でも……」

およそ意味のない言葉を並べると、シャツをたくし上げようとしていた手が背後にまわった。腰のラインを確かめるように撫でた手が、ジーンズと下着をかいくぐって更に下へと伸びる。汗で濡れた熱い掌が双《ふた》つの丘を這ったかと思うと、そこを鷲摑《わしづか》みにした。

理性を全て取り払ったような荒っぽい仕種に、熱かった体が急速に冷える。

怖い。こんな進藤は知らない。

「や、嫌や」

意識しないうちに、体が逃げを打った。進藤の腕から抜け出そうと必死でもがく。

「皆内さん」

低く怒鳴られると同時に、尻をつかんでいた指先が、明らかな意図《いと》をもって乱暴に谷間を探った。恐怖と快感がない交ぜになり、頭が真っ白になる。

「離せ！」

力まかせに突き出した掌が、進藤の肩に当たった。火事場の馬鹿力だろう、謙人より力が強いはずの進藤が呆気《あっけ》なく突き飛ばされる。ドアに引っかけてあった傘《かさ》が彼の背中に当たり、派手な音をたてて床に落ちた。

後には、互いの乱れた息遣いだけが残る。

謙人は壁に背を預け、茫然《ぼうぜん》としていた。自分でも何がどうなったのかわからなくて、荒い息

を吐きながら瞬きをくり返す。

突き飛ばされた体勢のまま、進藤が顔を上げた。視線が合う。電気すらつけていない玄関口は暗かったが、闇に慣れた目に精悍《せいかん》な顔つきははっきり見えた。

進藤の顔には、謙人と同じ茫然とした表情が映っていた。――いや、茫然というより愕然《がくぜん》か。つい先ほどまで痛いほど感じられた情欲と熱は、既に影も形もない。ショックを受けているのが一目でわかる。

「あ……」

謙人は思わず小さく声をあげた。

進藤を、突き飛ばしてしもた。

大好きで大切な恋人の愛撫《あいぶ》を、言い訳できないほど明確に拒んでしまった。

「あ、あの、ごめん！」

謝った声がみっともないほど上擦《うわず》る。

すると進藤は、我に返ったように瞬きをした。かと思うと勢いよく体を起こす。

「俺も、ごめん」

深く頭を下げられ、謙人は慌てた。進藤が謝ることなど何もない。恋人とセックスをするのは普通のことだ。ましてや、恐れを感じつつも、謙人も欲情していたのだ。

それやのに拒んでしもたんは俺や。

「進藤が謝ることなんかない。悪いんは俺や」

「いや、俺が急いだんが悪かったんや。すまん」

「俺こそごめん。ほんまごめん」

必死で頭を下げると、数秒、沈黙が落ちた。やがて進藤が長い息を吐く音が聞こえてきて、全身が滑稽《こっけい》なほど強張る。背中に冷たい汗が滲んだ。

あきれたのか、失望したのか。

進藤とのセックスが嫌なわけでは決してなかった。ただ、彼に男である自分の体をさらすことが怖かったのだ。それに加えて、進藤らしくない性急で乱暴な仕種が不安を煽《あお》った。

しかし突き飛ばしてしまった以上、どんな理由も言い訳にしかならない。

何を言っていいかわからなくて息をつめていると、頭にそっと手が置かれた。ビクリとまた全身が反応する。その動きを宥めるように柔らかく撫でられ、謙人は恐る恐る顔を上げた。

こちらを見つめる進藤の顔に、小さな笑みが浮かんだのが見えた。ほっとして笑み返す。

が、大きな掌はすぐに頭から離れてしまった。名残惜《なごりお》しさを隠しきれずに目で追うと、一度離れた視線が再び出会う。

進藤の口許《くちもと》の笑みが、強張っているのがわかった。

何か言わな、と焦るが、やはり言葉はひとつも出てこず、互いにぎこちなく視線をそらすとしかできない。二人だけの狭い玄関口に、気まずい空気が漂《ただよ》う。謙人だけでなく進藤も何も言わないので、ひたすら沈黙が続く。

黙って向き合っている状況がいたたまれず、謙人は立ち上がった。我知らずよろけた体を、どうにか壁で支える。

「あ、あの、今日は、帰るな」

漸《ようよ》う出した声は、無意味に明るくなってしまった。

引き止めてくれんやろか。

一瞬、そんな勝手なことを思う。

しかし進藤は、ああ、うん、と頷いただけだった。切れ長の双眸《そうぼう》も床に向けられたままだ。謙人の顔を見ようとする気配すらない。

「おやすみ、進藤」

恐る恐る言うと、どこか上《うわ》の空《そら》な応えが返ってきた。

「……おやすみ」


週明けの月曜は雨で、梅雨《つゆ》明け宣言は延期された。そのくせ蒸し暑さだけは真夏並みで、ただでさえ憂鬱な気分を更に重くした。

しかしどんなに気分が晴れなくても、学園祭の準備は待ってくれない。ぎりぎりの人数で動いているため、さぼるわけにはいかないのだ。

サークル部屋の片隅にある折りたたみの椅子に腰かけた謙人《けんと》は、窓の外に広がる灰色の空を見上げてため息を落とした。室内は冷房が入っているので快適だが、気分の重苦しさは解消されない。寝不足のせいで頭も重かった。

進藤《しんどう》、どないしてるやろ……。

今、サークル部屋に進藤の姿はない。

昨夜《ゆうべ》、気まずい空気を解消できないまま自室へ帰った後、進藤からはメールも電話もなかった。携帯電話を握りしめ、こちらから連絡しようか、しかしどう言えばいいのかと迷ううちに、夜が明けてしまった。

互いに一限がある月曜は、進藤と一緒に大学へ向かうのが日課だ。試験が終わってもすぐ夏休みというわけではなく、一週間ほどは講義がいくつかあるのだが、生憎《あいにく》、謙人が受講している一限は休講だった。しかし進藤は、講義があると言っていた。

真面目な進藤のことだ、さぼらないだろうと予測した謙人は、今朝、いつもの月曜より早い時刻に自室を出た。気まずいままでは嫌だったので、一限に出る彼と一緒に大学へ行こうと思ったのだ。その道すがらに、話をしようと思った。

身支度を整え、玄関を出ようとしたところで携帯電話が鳴った。進藤からのメールがきたことを知らせる電子音に、謙人は慌てて携帯をチェックした。

件名は、おはようございます。

今日の一限は出ません。先に行ってください。気を付けて。

冷たい内容ではなかったが、会いたくないと意志表示された気がして、胸がズキリと痛んだ。

やっぱり怒ってるよな……。

キスをされ、体を触られて欲情し、甘い声を漏《も》らしたのは謙人だ。嫌かと聞かれたときも、嫌ではないと答えた。

それなのに、突然突き飛ばされたのだ。進藤にしてみれば、わけがわからなかったに違いない。怒って当然だ。

「ミナ先輩、ジャムパン食べますー？」

心配そうに尋ねられて、謙人はのろのろと顔を上げた。

こちらを覗《のぞ》き込《こ》んでいるのは、一年の女子学生、迫田《さこた》だった。右手に食べかけのクリームパンを持っている。迫田はサークルの一年の中で一番小柄で細いが、並みの男よりよく食べるのだ。彼女のバッグの中には、パンだの菓子だのが常備されている。

「や、ええわ。ありがとう」

苦笑して言うと、そうですかー？　と迫田は首を傾《かし》げる。

「お腹減ってんのやったら、遠慮せんと言うてくださいー」

「や、別に腹は減ってへんのやけどな」

「けどミナ先輩、さっきから何回もため息ついてるし。なあ」

迫田が同意を求めたのは、彼女の横にいた一年の女子学生、若尾《わかお》だった。柔和《にゅうわ》な面立《おもだ》ちに、柔らかくウェーブした髪がよく似合っている。

「何か心配ごとですか？」

顔を曇らせた若尾に、謙人は笑ってみせた。

「そういうわけやないねん。昨夜、バイトで遅かったからちょっと寝不足なだけや」

そうなんですか、と応じつつも若尾は気遣《きづか》わしげな表情を崩さない。

彼女は以前、謙人に好意を寄せていた。はっきり断ったのだが、今も時折こうして、特別な好意を感じるときがある。

好きな気持ちが簡単に消えないことは、謙人もよく知っている。若尾は謙人と進藤が恋人になったことは知らないが、彼女の前ではできる限り浮かれた態度をとらないようにしてきた。もっとも実際は、他のメンバーに隙だらけだと指摘されるぐらいだから、平静を装《よそお》えているとは言えないのだが。

浮かれるだけ違《ちご》て、沈むんもあかんよな。

進藤との間に何があろうと、若尾にもサークルのメンバーにも関係のないことだ。

「若尾は夏休み、実家帰るんか？」

謙人は努《つと》めて明るく尋ねた。若尾はこの大学では珍しく、関東の出身なのだ。

するとと彼女は、はにかむように微笑《ほほえ》んだ。

「お盆にちょっとだけ帰ります」

「そか。友達と遊びに行ったりはせんのか？」

「サコちゃんとこまっちゃんとモッチーの四人で、京都へ行きます」

弾《はず》むような口調で答えた若尾の後を、迫田がクリームパンを頬張《ほおば》りつつ続ける。

「こまっちゃんがオススメスポットに連れてってくれるんですよー」

こまっちゃんこと小松《こまつ》は、京都市内にある実家から大学に通っている一年の女子学生だ。

「京都か。ええなあ」

ニッコリ笑って言うと、迫田と若尾も嬉しそうに微笑んで顔を見合わせた。彼女たちにとって、大学生になって初めての夏休みなのだ。さぞ楽しみだろう。

――進藤も、初めての夏休みや。

そういえば一昨日《おととい》、一緒に旅行へ行こうと言っていた。気まずいままでは旅行へ行くことはおろか、計画すら立てられない。

沈んではだめだと思ったばかりだというのに、またため息を漏《も》らしてしまったそのとき、ドアが開いた。お疲れさんです、と挨拶をして入ってきたのは古川《ふるかわ》と進藤だ。

刹那《せつな》、進藤と目が合って、ドキ、と心臓が跳ね上がる。我知らず顔がひきつった。

あかん。いつも通りにせんと。

謙人は慌てて、いつもそうするように笑みを浮かべてみせた。

しかし目で笑み返してくれるはずの進藤は、精悍《せいかん》な顔つきを一瞬、強張《こわば》らせた。一応笑みを浮かべたものの、ぎくしゃくと視線をそらしてしまう。

……ひょっとして避《さ》けられた？

まさか。ただ単に視線がそれただけだ。

昨夜のことを気にしているから、避けられたと感じてしまうのだろう。

大丈夫や。笑《わろ》てくれたし、避けられたわけやない。

必死で自分自身に言い聞かせていると、空《あ》いていた謙人の隣の椅子に古川が腰かけてきた。進藤は謙人の正面にいる迫田の隣に腰を下ろす。が、ちらともこちらを見ようとはしない。

「中は涼しいなあ。外めっちゃ蒸し暑いぞ。サコ、おまえは暑うても食欲なくならんのか」

古川のあきれたような物言いに、クリームパンの最後の一欠片《ひとかけら》を口に入れたところだった迫田は、もごもごと意味不明の返事をした。ごくりと音をたてて大胆に飲み込んでから、改めて言葉を発する。

「そんなことないですよー。私も夏は食欲減退《げんたい》しますー。豚《ぶた》マンとかアンマン食べるより、アイス食べる確率が高《たか》なりますからー」

「アホ。それは食欲減退とは言わん」

古川と迫田のやりとりに、周囲が笑う。もちろん謙人も笑った。進藤も笑う。その拍子に、ほんの一瞬だけ目が合う。

が、進藤は即座にそらしてしまった。

偶然そうなったのではなく、彼が意図《いとてき》的に視線を合わせないようにしていることがはっきりわかる仕種《しぐさ》に、謙人は目の前が真っ暗になったような錯覚《さっかく》を覚えた。

やっぱり避けられてたんや……。

冷たい汗が、じわりと背中に滲《にじ》む。昨夜、確かに気まずい雰囲気にはなったけれど、こんな風にあからさまに避けられるとは思っていなかった。

まさか、怒っているというレベルを超えて、嫌われてしまったのだろうか。

「お疲れー」

「そしたらなー」

各々挨拶《おのおのあいさつ》をかわし、正門の前で数人のメンバーと別れる。日は既に沈み、西の空にわずかに明るさを残すだけだ。朝方降っていた雨は午後には上がり、幾分《いくぶん》か温度を下げた涼しい風が頬を撫《な》でる。

その風に心地《ここち》好さを感じる余裕などなく、謙人は斜め前にいる進藤をちらと見遣った。鋭角的《えいかくてき》な鼻筋とくっきりとした唇のラインで形作られた横顔は、謙人の好きな容貌《ようぼう》だ。けど、こっち見てくれんのは辛《つら》い……。

午後からずっとサークル部屋で一緒にすごしたというのに、結局、進藤は謙人を見なかった。偶然視線が合っても、素早《すばや》くそらしてしまう。普通の先輩と後輩の関係だった頃にも、こんなに目をそらされたことはなかった。

以前、進藤に吉島《よしじま》のことが好きだと聞いた後、失恋のショックから彼と視線を合わせられなくなった。その異変を察知《さっち》した進藤に、どうして目を見てくれないのかと問いつめられた経験がある。

そのときの進藤の苦しい気持ちが、痛いほどわかった。ましてや今、二人は恋人同士なのだ。少しも目を合わせられないのは拷問《ごうもん》に近い。

言い訳にしかならんかっても、突き飛ばしてしもた理由をちゃんと話そう。

そう決めて、謙人は進藤を含めた数人のメンバーと共に歩き出した。

大学からマンションまでは、徒歩で約十五分の距離だ。そのうち十分ほどは他のメンバーと一緒なので、進藤と完全に二人きりになるのは五分ほどである。そのときに話せばいい。できればいつものように、彼の部屋か自分の部屋で話したかったが、今の状態では無理だろう。

「次の委員長て、やっぱりよっさんかな」

三年の先輩の言葉に、せやな、と別の先輩が答える。

「今年は総務にまわったし、古川もそのつもりやろ。まあよっさんやったら誰も文句ないやろし。なあ」

「そうっすね。よっさん以外で誰がええて言われても誰もおらん」

謙人の横を歩いていた同学年の男が頷く。

今日の夕方、学園祭実行委員会での役割分担が決まったのだ。一年の役割は伝統的に、くじで決めることになっている。二年と三年は話し合いで決めるが、大抵は一年のときに担当した役割につくことが多い。

謙人は去年と同じ展示で、くじを引いた進藤は広報だった。

一緒の役になれんかったんも痛い……。

同じ仕事をすることになっていたら、話のきっかけをつかみやすかったのに。

「ミナ、おまえ一人で大丈夫か？」

先輩にからかうように尋ねられ、謙人はハッと物思いから覚めた。

まだ二人きりではないのだ。進藤にばかり気をとられてはいけない。

「大丈夫て何がですか」

明るい声で尋ねると、先輩は首をすくめた。

「去年はおまえがよっさんのサポート役やったやろ。兄貴がおらんかったら舎弟《しゃてい》は心細いんとちゃうか思《おも》て」

「誰が舎弟ですか」

間を置かずにツッこむと、先輩たちは一斉《いっせい》に笑った。

が、斜め前を歩く進藤は笑わない。ただ、精悍な横顔に映っているのは不機嫌な表情ではなかった。何かを考え込んでいて、話をろくに聞いていないようだ。

まさか、別れ話をどうやって切り出そうとか考えてるんやろか。

嫌な考えが脳裏《のうり》をよぎって、謙人はぞっとした。二人きりになったら気まずい空気を解消したいと思っているのは自分だけで、進藤は別れ話を切り出そうと思っているのかもしれない。

そんなん嫌や。別れとうない。

「どないしたミナ。顔色悪いぞ」

「や、大丈夫。腹減っただけ」

隣を歩く同学年の男に、慌てて笑顔を向ける。進藤がこちらを振り向いたのが、視界の端に映った。

「腹減ったて、おまえはサコか」

すかさずツッこんだ男に、先輩たちが笑う。

「あいつほんま、めちゃめちゃ食いよるよな」

「今日もクリームパン三個とジャムパン二個食うとったで」

「うえー、話聞いただけで胃がもたれる」

話がここにいない迫田に移ったことを幸いに、謙人は再びちらと進藤を見遣《みや》った。

彼はもう、こちらを見てはいなかった。うつむき加減に前を向いている。謙人からは日に焼けた滑《なめ》らかな首筋と形のいい耳、そして難しい表情を浮かべた横顔が見えた。

街灯の柔《やわ》らかな光に照らされて陰影ができたその顔が、見知らぬ人のように感じられて胸が痛む。

進藤が好きや。

好きだからこそ、嫌われたくなくて突き飛ばした。

けどそれが原因で別れることになったら、元も子もない……。

「そしたらまた明日なー」

先輩の声に、謙人はまた我に返った。

いつのまにか、他のメンバーと別れる道の前に来ていた。謙人と進藤の間にあったことを知らない彼らは、ためらう様子もなく離れてゆく。

あ、と思わず声をあげたが、先輩たちは既に背を向けた後だった。賑《にぎ》やかに話している彼らに、謙人の声は聞こえなかったに違いない。立ち止まることなく歩み去ってゆく。

パラパラと学生が行きかう道に、謙人と進藤の二人だけが残された。

話そうとは思てたけど、まだ心の準備ができてへん……。

謙人は傍《かたわ》らに立っている進藤を、そっと見上げた。思いがけず、バチ、と視線が合う。

謙人も驚いたが、進藤も驚いたらしい。互いに目を丸くする。

「あ、あのっ、帰ろか」

焦《あせ》って言うと、進藤はぎこちないながらも頷いてくれた。

しかし気まずい雰囲気は消えず、どちらからともなく目をそらす。かわす言葉もない。

それでも帰る場所は同じなので、一応並んで歩き出すと、たちまち沈黙が落ちた。雨に濡れて湿ったままのアスファルトと、スニーカーが触れ合う音だけが耳に大きく響く。緩《ゆる》く吹いてきたひんやりと冷たい風も、進藤との間に生まれた緊張を和《やわ》らげてはくれない。

このまま黙っていても仕方がない。

とにかく、何かしゃべらな。

「進藤、広報やったよな」

謙人は懸命に明るい声を出した。

「ムロも広報やろ。あいつ口達者やから、めっちゃ広告とるらしいで」

「そうなんですか」

意識的にか、あるいは無意識にか、進藤は敬語を使った。そのことがぎこちなさに拍車《はくしゃ》をかける。

気まずさを少しでも払拭《ふっしょく》するために、謙人はできるだけいつも通りの口調で言葉を紡《つむ》いだ。

「一緒に展示できたらよかったけど、展示てけっこう地味やしな。おまえは外とやりとりする広報のが向いてるかも」

「外とやりとりするんは、皆内さんのが向いてるでしょう」

「や、俺は押しが弱いからあかん」

片手を振ってみせると、進藤は一瞬、黙った。しかしすぐに口を開く。

「そんでも、ここていうとこは譲《ゆず》らんやろ」

「ん？　そうかな。確かにどうしても嫌やったら嫌て言うけど。て、前にも言うたっけこれ」

会話ができたこと、そして進藤の敬語がとれたことにほっとして、謙人は笑って頷いた。

するとなぜか、解《ほぐ》れかけていたはずの空気が再び硬くなる。

え、俺何かまずいこと言うたか？

「進藤？」

恐る恐る呼んだ謙人は、隣を歩く進藤を見上げた。精悍な顔つきには、なぜか怯《ひる》んだような表情が映っていた。

しかし、とにかくこちらを見てくれてはいる。昨夜のことを話すのなら今だ。

「あ、あの、昨日は」

勇気を振《ふ》り絞《しぼ》って口を開いたそのとき、皆内《みなうち》さん、と先を遮《さえぎ》るように呼ばれた。

「は、はい」

思わず改まった返事をする。

すると進藤は唐突に立ち止まった。謙人もつられて立ち止まる。マンションはもう目の前だ。

「ちょお考えたいことあるんで、今日は帰ります」

抑《おさ》えた声で、しかも敬語で言われて、今度は謙人が怯んだ。何と返していいかわからず、言葉を失っている間に、進藤は勢いよく頭を下げた。かと思うと、マンションの方へ一目散《いちもくさん》に駆け出す。

引き止めることもできなくて、謙人は茫然《ぼうぜん》と広い背中を見送った。切れかけて点滅《てんめつ》している街灯の明かりが、遠ざかる男をコマ送りのように、はっきり、くっきりと見せる。

考えたいことて、何や。

――別れ話。

それしか思いつかず、謙人は身震いした。


「お先に失礼します」

更衣室に残っている同僚に向かって会釈《えしゃく》すると、お疲れー、と応えが返ってきた。ドアを閉め、思わずほっと息をつく。

どうにかミスせんかった……。

カフェバーでバイトを始めて一年ほどになる謙人《けんと》は、既にベテランとして扱《あつか》われている。ただ、この一週間は、その扱いに相応《ふさわ》しい仕事をするのに苦労した。何しろふと気が付くと、進藤《しんどう》のことを考えてしまうのだ。

謙人が進藤を突き飛ばしてしまってから一週間が経《た》った。進藤は相変わらず、謙人と二人きりになろうとしない。朝、一緒に大学へ行くこともしなくなった。サークル部屋で目を合わせても、すぐそらしてしまう。

また、彼の言う『考えたいこと』についても、いまだに話してくれていない。話がしたいという内容のメールを思い切って送ってみたが、もう少し時間をくださいと返信があっただけだ。

そうこうしているうちに、とうとう夏休みが始まってしまった。結局、進藤と行く旅行の計画は立てずじまいである。

のろのろと建物の外へ出ると、夜中とは思えない蒸《む》した空気が全身を包んだ。一週間前は、これから進藤に会えるのだと考えるだけで、どんなに蒸し暑くても足に羽が生《は》えているかのように軽かったのに、今は全く逆だ。鉛の玉を引きずっているかの如《ごと》く、足取りは重い。

いつもなら日曜は、バイトを終えた進藤とコンビニで落ち合って一緒に帰るが、今日はきっと待っていないだろう。

そうは思いつつも、謙人はバイト先へ向かう交通手段として、自転車ではなく徒歩を選んだ。

もし進藤が待っていてくれたら、自転車はいらない。並んで歩いて帰るのだから。

……俺はほんまにアホや。

明らかに避《さ》けられているとわかっているのに、進藤が待っていてくれるかもしれないという期待を捨てきれない自分に、苦笑が漏れる。

振り返れば、彼に片想いしていたときもそうだった。絶対にかなわない恋だと思いつつも、もしかしたら両想いになれるかもしれないと期待を抱《いだ》き続けていた。

すんなりとはいかなかったものの、望み通りに両想いになれた。

けどやっぱり、ノンケの進藤が男の俺と恋愛するんは無理やったんかもしれん……。

じわ、と視界が滲《にじ》んで、謙人は慌てて目許《めもと》を拭《ぬぐ》った。意識して大きく息を吐き、歩《ほ》を速める。

何であのとき、突き飛ばしてしもたんやろ。

一週間前の己《おのれ》の行動が、今更ながら悔やまれてならない。どうせ嫌われるなら、恐れずに身を任せればよかった。怖かったのは事実だが、進藤に抱かれたい気持ちも本物だったのだ。

「あれー、皆内君《みなうち》ちゃう？」

突然聞こえてきた明るい声に、謙人はハッと顔を上げた。

前から歩いてくるのは、髪を金色に染《そ》めた細身の男だった。進藤のバイト先の同僚、日高《ひだか》だ。

今日も首や腕にたくさんのアクセサリーをつけている。

進藤と待ち合わせをしているコンビニにはまだ少し距離があるが、近くに住んでいると言っていたから通りがかってもおかしくない。

「こんばんは」

笑顔を作って頭を下げると、日高もニッコリ笑った。

「バイトの帰りなんやろ。お疲れさん」

「日高さんもバイトの帰りですか？」

尋ね返すと、日高は整えられた眉《まゆ》を上げた。

「俺の名前、覚えててくれたんや」

「そら覚えてますよ。日高さん、インパクトあるし」

「見た目が？　それともゲイってことが？」

悪戯《いたずら》っぽく尋ねられて、謙人は言葉につまった。返事に窮《きゅう》したわけではなかった。感心した
――否《いな》、自嘲《じちょう》したのだ。何年経ってもきっと自分は、己の性的指向を彼のようにオープンには
できないだろうと思う。明るくも振る舞えないだろう。

俺もこの人みたいにできたら、進藤と気まずうなることもなかったかもしれん。

黙ってしまった謙人に困ったのか、日高は金色の頭をかいた。

「そない深《ふこ》う考えてくれんでええで。ごめんな、変なこと聞いて」

「あ、いえ、全然変やないです。俺こそすんません」

慌てて謝ると、日高は瞬《まばた》きした。かと思うと楽しそうに笑う。

「皆内君、素直やなあ。俺、そういうのめっちゃ好きやわ」

ポンポン、と謙人の肩を叩いた日高は、首を傾《かし》げるようにしてこちらを覗《のぞ》き込《こ》んできた。

「何か浮かん顔してんなあ。悩みごと？」

軽い問いかけだったが、不思議と軽薄《けいはく》な感じはしなかった。深刻にならない雰囲気が逆に、緊張をときほぐしてくれる。

人通りがないことも手伝って、謙人は自然と口を開いた。

「悩みごとってわけやないんですけど、あの、日高さんはゲイですよね」

うん、とやはり躊躇《ためら》う様子もなく頷いた日高に、謙人は尋ねた。

「そしたらやっぱり、付き合うのってゲイの人ですよね」

「や、そんなことないで。ノンケの男とも付き合《お》うたことある」

あっさり言われて、思わず日高を見上げる。日高はニッコリ笑って見下ろしてきた。

「意外？」

「や、そんなことは」

謙人は口ごもった。同性しか好きになれない謙人も、異性愛者の進藤と付き合っているのだ。意外ではない。

ちゅうても今は、付き合《お》うてるとは言えん状況やけど……。

胸がズキリと痛んでうつむくと、日高は屈託《くったく》のない口調で言った。

「好きになってしもたら男とか女とか関係ない思うで。好きてゆう気持ちが全部やろ」

「……けど、ノンケの人は、どこまでいってもノンケでしょう」

進藤のことが頭にあったせいで、懐疑的《かいぎてき》な物言いになってしまう。

しかし日高は少しも気にしなかったらしい。明るい声で続けた。

「まあ確かに、どうしても男があかん人もおるやろうけど、そうやない人もおるやろ」

「そうやない人なんか、ほんまにおるんでしょうか。好きていう気持ちだけでは、どうにもならんこととてあるでしょう」

ほとんど独《ひと》り言《ごと》のようにつぶやくと、日高はちらとこちらを見下ろしてきた。二重《ふたえ》の双眸《そうぼう》には優しげな色が映っている。

謙人はハタと我に返った。

俺は何でこの人に、こんなことしゃべってんねん。

いくら彼が話しやすい雰囲気を持っているといっても、初対面も同然なのだ。よく知らない人に、どうしようもない愚痴《ぐち》を聞かせてしまった気がして恥ずかしくなる。

「あの、すんません、変なこと言うて」

「ん？　別に変なことないで」

人懐っこい笑みを浮かべた日高は、ポンポン、とまた謙人の肩を叩いた。

「男と女でも、男と男でも、女と女でも、葛藤《かっとう》と衝突はつきもんや。どの組み合わせも結局は他人同士やからな」

うん、ともっともらしく頷いた日高に、謙人は思わず微笑《ほほえ》んだ。彼がこちらに気を遣ってくれていることが伝わってきて、自然とあたたかな気持ちになる。

「日高さん、大人ですね」

「皆内君よりは大人やでー。俺大学二年やけどもうじき二十二やから」

「え、そうなんですか？」

「うん。美大入って二回留年したからな」

「美大にいってはるんですか」

「そお。デザインを勉強してます」

へえ、と謙人は素直に感心した。美大がどういうところかわからないけれど、日高のように自由で開放的な男には芸術が相応しい気がする。

「凄《すご》いですね。俺絵ぇとか全然描けへんから憧《あこが》れます」

「けど皆内君、センスええで。自分に合うもんと合わんもんをちゃんとわかってる感じや。そういう人はなかなかおらん」

「専門的に勉強してる人にそう言うてもらえると、お世辞《せじ》でも嬉《うれ》しいです」

笑いながら見上げると、日高も笑った。

「皆内君、やっぱりかわいいなあ」

気に入りの玩具を見つけた子供のような口調で言うなり、日高は身を屈《かが》めた。派手な顔立ちが間近に迫《せま》り、唇に柔《やわ》らかな感触が触れる。予想外の行動に目を丸くした瞬間、肩を抱き寄せられた。触れていた唇が深く重なりそうになって、細身の体を慌てて突き飛ばす。

日高がよろめいたちょうどそのとき、おい！　という鋭《するど》い声が聞こえてきた。

聞き覚えのあるその声に、謙人は勢いよく振り向いた。

街灯に照らされた薄暗い道を、一人の男がこちらへ向かって走ってくるのが見える。

――進藤や。

日高にキスをされたことより、進藤がまっすぐに駆けてくることの方が衝撃で、謙人は茫然《ぼうぜん》と彼を見つめた。

瞬《また》く間に駆け寄ってきた進藤は、謙人の腕を乱暴につかんだ。そして有無《うむ》をいわさず自分の方へ引き寄せる。謙人をかばうように体を前に出した進藤は、日高をにらみつけた。

「あんた、何やってんのや」

「何って、皆内君がかわいかったから」

今にも嚙《か》みつきそうな進藤に、日高は悪びれる様子もなくあっさり応じる。

次の瞬間、つかまれた腕から爆《は》ぜるような怒りが伝わってきた。長くて骨太な進藤の指に、ぎゅっと力がこもる。

「そんな理由で俺のもんに手ぇ出すんやめてください」

「進藤！」

仰天《ぎょうてん》して呼ぶ。今度もまた、『俺のもん』と言われた嬉しさより、それを日高に言ってしまった進藤に対する驚きと焦《あせ》りの方が勝《まさ》った。

俺のもんて、そんなこと言うたらばれてまうやろ。

謙人の考えが伝わったのか、進藤はこちらを振り向いた。直線的な眉も、切れ長の双眸も、きつく吊《つ》りあがっている。それほど明るくはない街灯の下でも、鋭いラインを描く頬が紅潮《こうちょう》しているのがわかった。今まで一度も見たことがないほど激高《げっこう》している。

「皆内さん、あんたもあんたや。無防備にもほどがある。警戒せえて何回も言うたやろ。俺が言うたこと聞いてへんかったんか」

「き、聞いてたけど、でも」

語気荒くまくしたてられ、謙人は口ごもった。日高にキスをされるなんて、思ってもみなかったのだ。

謙人のはっきりしない返事にますます表情を険《けわ》しくした進藤は、堰《せき》を切ったように話し出す。

「確かに俺には、あんたに抱かれる勇気はない。この一週間ずっと考えたけど、どうしても無理や。せやからてあんたと別れることはできん。好きな気持ちは変わらんから」

「ちょお待て、進藤」

ここが公道で、しかも日高の前であることももちろんだが、それより何より進藤が言っていることの意味がわからなくて、謙人は彼を遮《さえぎ》った。

抱かれるて何やねん。無理て何がやねん。

「おまえ、何の話をしてんねん。意味がわからん」

「何て、ほんまのことを言うてるだけや」

「せやから、そのほんまのことの意味がわからんのやて」

かみ合わない会話に、まあまあと割り込んできたのは、黙ってやりとりを見守っていた日高だった。

「こんなとこで立ち話も何やし、帰ってしゃべったら？」

「あんたが言うな」

進藤がすかさずツッこむ。おお、ナイスツッコミ、と明るく笑って、日高は謙人の肩と進藤の肩を叩いた。

「やー、二人とも初々《ういうい》しいてええなあ。皆内君、悩みごとあったらいつでも俺んとこおいでや。相談料はちゅーでええし」

「日高さん」

進藤が威嚇《いかく》するように呼ぶと同時に、日高は離れた。やはり悪びれずにニッコリ笑うと、そしたらなー、と手を振って去ってゆく。

遠ざかる金髪から視線を離し、謙人はおずおずと進藤を見上げた。反対に進藤は、今日まで避け続けたことが嘘のように、まっすぐこちらを見下ろしてくる。謙人の腕をつかんだままの指にも、二度と離すまいとするかのようにしっかりと力がこめられていた。

「皆内さん」

「は、はい」

怖いほど真剣な声で呼ばれて、ギクリと体が強張る。

「帰ったらキスするぞ」

至極《しごく》真面目に言われて、謙人は呆気《あっけ》にとられた。はあ？　と頓狂《とんきょう》な声をあげてしまう。

すると進藤は、照れる様子もなく真顔で言った。

「さっきキスされとったやろ。消毒や」


二人で帰ってきたのは、進藤の部屋だった。

ドアを閉めると同時に進藤が顔を近付けてきて、咄嗟《とっさ》に彼の顎《あご》を掌《てのひら》で押し返す。うぐ、と進藤は妙な声をあげた。謙人の肩を抱こうとしたらしい両腕が、所在《しょざい》なげに宙に浮く。

皆内さん、と怒ったように呼ばれ、謙人は眉を寄せて進藤をにらみつけた。

「アホ、おまえ今まで散々《さんざん》俺のこと無視してきたくせに何やねん」

手をつないでマンションに戻ってくるまでの間に、段々腹が立ってきたのだ。

二人きりになろうとしなかったのも、視線をそらしたのも、話し合おうとしなかったのも進藤だ。それなのに急に、俺のものだとか警戒しろだとか、好きだからとかキスするとか、わけがわからない。

しかし進藤も負けじとにらみ返してくる。

「そっちこそ何やってんねん。口説かれるだけやったらともかく、よりによってキスされるて、あんたがぼうっとしてるからや」

「俺はぼうっとなんかしてへん。人をアホみたいに言うな」

怒りを隠さずに低く怒鳴《どな》ると、進藤は反省するどころか、きつい口調で言い返してきた。

「ぼうっとしとるからぼうっとしとる言うてんのや。顔近付けられた時点でキスされるてわかるやろが。キスされる前に殴《なぐ》れ。それができんのやったら、せめて突き飛ばすなり避けるなりせんかい」

「普通に話してたのに、急にキスされてんぞ。そんなんする余裕《よゆう》なんかあるか」

「ドアホ。それがぼうっとしてるて言うてんのや」

進藤の容赦《ようしゃ》のない物言いに、カッと頭に血が上《のぼ》る。

「ドアホて何やねん、ドアホはおまえや！」

謙人は思わず大きな声を出した。それをきっかけに、今日まで抱《かか》えてきた不安と焦燥《しょうそう》が一気に爆発する。

「この一週間、俺がどんな気持ちでおったか知らんやろ！　おまえは全然二人きりになろうとせんし、目ぇ合わせてくれんし話してもくれんし、俺のことずっと無視してたやないか！」

まくしたてた謙人に、進藤は怯《ひる》んだ。彼が言い返すことなく口を噤《つぐ》んだのを見て、更に続ける。

「俺はずっと、やっぱり男の俺ではあかんのかとか、おまえが俺と別れるつもりやないかとか考えてたんや。そら突き飛ばした俺も悪かったけど……、おまえに、嫌われてしもたんやないかて、不安で……」

込み上げてきたものを我慢したせいで、声がみっともないほど震えた。目の奥がツンと痛んだかと思うと、視界が潤《うる》む。咄嗟に眉間《みけん》に力を込めて止めようとしたのに止められず、ぽろ、と一粒涙が頬に落ちた。

刹那《せつな》、正面からきつく抱きしめられた。ごめん、と謝る進藤の低い声が、硬くひきしまった体を通して直接伝わってくる。

怒りなのか不安なのか、歓喜なのか愛《いと》しさなのか。

一言では表せない激情が湧《わ》いてきて、謙人は広い背中を拳《こぶし》で叩いた。

「アホ、謝るぐらいやったら、無視すんな」

「うん。不安にさしてごめん。情けない男でごめんな」

再び謝った進藤が、次々にあふれる涙をキスで拭《ぬぐ》ってくれる。目許《めもと》をくすぐる吐息と唇の柔らかな感触が、ひどく熱い。

涙と共に、怒りと不安が流れてゆくのがわかった。負《ふ》の感情が出ていった後に残ったのは、進藤への愛しさだけだ。抱きしめてくる腕の力強さと、休むことなくくり返されるキスが、その愛しさを更に大きくする。

「皆内さん」

目許に口づけながら呼んだ進藤に、ん、と謙人は返事をした。我知らず深いため息が漏れる。

「頼みがあんねん。聞いてくれるか?」

意を決した物言いに、無意識のうちに体が強張《こわば》った。

そんな改まって頼みたいことて何や。

すると進藤は宥《なだ》めるように背中を優しく撫でてくれた。怖いことなどないと言い聞かせる仕《し》種《ぐさ》に安堵《あんど》して、謙人は力を抜きながら尋ねる。

「……頼みて、何」

うん、と頷いた進藤は、気遣うようにそっと体を離した。何を思ったのか、スニーカーをきちんとそろえて脱ぎ、玄関に上がる。そして改めてこちらに向き直った。

進藤が何をしたいのかわからなくて、ただ見守っていると、彼はおもむろに床に膝《ひざ》をついた。両手も床につき、謙人に向かって勢いよく頭を下げる。

「抱かしてください。お願いします」

聞き間違えようのないはっきりとした口調で言われて、謙人はぽかんとした。

「……ダカシテクダサイ？」

言われていることの意味がわからず、壊《こわ》れてしまったレコーダーのように鸚鵡返《おうむがえ》す。

すると進藤は、頭を下げたまま頷いた。そしてやはり、はっきりとした口調で続ける。

「俺に、皆内さんを抱かしてほしいねん。この一週間、よう考えた。俺は皆内さんが好きや。ここまで好きになった人は今までおらん。心も体も何もかも全部、自分のもんにしたいて思《おも》た人はおらんねん。けど俺にはどうしても、皆内さんに抱かれる勇気はないんや。皆内さんにも譲《ゆず》れんことはあるやろうけど、頼む。抱かしてくれ」

一息にそこまで言った進藤を、もといい進藤の形のいい頭を、謙人はまじまじと見下ろした。

今し方聞いたばかりの言葉を、頭の中で整理する。

抱かしてほしいて頼むってことは、進藤は俺が、進藤を抱きたい思てるて考えてるってことか？

謙人はゆっくり瞬きをした。そういえば先ほど、日高の前でも抱かれる勇気がどうのこうのと言っていた気がする。

進藤を抱くて、俺、そんなこと考えたこともないんやけど……。

謙人はゲイだが、いわゆるネコだ。抱くのではなく抱かれたい。

異性愛者である進藤は、ずっと女性を抱く立場だったのだ。だから当然、進藤が自分を抱いてくれるものと思っていた。

「……何でそんな勘違いしてしもたんや、進藤。俺、おまえを抱きたい思たことなんかいっぺんもないで」

ぽかんとしたまま言った謙人に、え、と進藤は声をあげた。そして恐る恐る、といった風に頭を上げる。

切れ長の双眸が、食い入るようにこちらを見上げてきた。

「てことは、俺が皆内さんを抱いてええんか?」

「うん」

「ほんまにか」

にわかには信じられないのか、進藤は真剣な眼差しを向けたまま念を押してくる。床に正座している彼と目線の高さを合わせるために、謙人はしゃがみ込んだ。

そして一途《いちず》に見つめてくる漆黒《しっこく》の双眸を、まっすぐに見つめ返す。

「ほんまや。おまえに、抱かれたい」

ありったけの想いと熱を込めて告げると、進藤は目を見開いた。かと思うと深くうつむく。

やがて、長いため息の音が聞こえてきた。安堵だけではない、様々な感情が入り交じった音だ。

「……皆内さん」

掠《かす》れた声で呼んで、進藤はゆっくり顔を上げた。

精悍な顔つきに映っていたのは、狂おしい熱。それだけだった。

「答え聞いてすぐで悪いんやけど、今から抱かしてくれ。勘違いした理由は後で説明するから」

かき口説《くど》く物言いに、謙人は全身が痺《しび》れるような錯覚《さっかく》を覚えた。頭の天から足指の先まで余すことなく、燃えるように熱くなる。進藤に抱かれたいと、理性ではなく体そのものが切望しているのがわかる。今すぐ進藤に抱きつきたい。

が、その強い欲求を抑《おさ》えてでも、気にかかっていたことを聞かずにはいられなかった。

「あの、抱かれんのはええんやけどな。てゆうか、抱いてほしいんやけど。俺、男やねん。そんでもええか？」

おずおず尋ねると、進藤は瞬きをした。眉がわずかに寄る。なぜそんなことを聞かれるのかわからない、という顔だ。

「皆内さんが男て、始めからわかってるけど」

「わかってるて、ほんまにわかってるか？　俺、おまえと一緒のもんついてるんやで。胸もないし」

「そらそうやろ、男なんやから」

「入れるとこも自然に濡《ぬ》れたりせんで。もともと入れる専門のとことはちゃうし、拡《ひろ》げて準備せなあかんし」

不安のままに言いつのるが、進藤はやはりきょとんとしている。

「そらそうやろ、女やないんやから」

どこかぽかんとした口調で言った進藤を、謙人は凝視《ぎょうし》した。

無理をしている様子はない。こちらに気を遣っている様子もなかった。本当に、なぜわかりきっていることをわざわざ確認するのか、不思議に思っているらしい。

……何や。男やからとか気にすることなかったんか。

謙人は思わずため息を落とした。どうやら互いに、互いがどうでもいいと思っていること――悩む必要がないことで悩んでいたらしい。

深い安堵と同時に突き上げてきたのは、目の前で、意味がわからないという顔をしたままでいる男への、たまらない愛しさだ。

謙人はほとんど衝動的に、進藤の唇にキスをした。ぶつけるようなキスになってしまったのはご愛嬌《あいきょう》だ。大好きな厚めの唇を思う存分味わいたいのはやまやまだが、とりあえず触れただけで離して進藤の目を覗き込む。

漆黒の瞳の奥に激しい情欲を見つけて、ぞくりと背筋が震えた。

たぶん俺も、同じ目ぇしてる。

「消毒終わり」

掠れた声で囁くと、進藤は瞬きをした。かと思うと小さく笑う。

しかしその笑みもすぐ、欲情した男が見せる熱っぽい表情にとってかわった。


互いを食らうような激しいキスをかわしながら、衣服を脱がせ合った。閉め切られていた部屋は蒸《む》し暑《あつ》かったが、それ以上に体そのものが熱くて、少しも気にならない。

1Kの狭い間取りなので、ベッドはすぐそこだ。しかしキスに夢中になるあまりたどり着くことができず、ベッドの手前の床に押し倒されてしまった。

Tシャツの裾《すそ》をめくり上げた進藤の手が、いきなりジーンズのズボンにかかる。

「待っ、あ！」

咄嗟に拒《こば》もうとした動きを利用され、下着ごと一気に引き下ろされた。

既に高ぶっていた前が露《あらわ》になる。明かりはついていなかったものの、暗闇に慣れた目に、欲を如実《にょじつ》に表したそれははっきりと映りこんだ。もちろん、進藤にも見えているはずだ。

キスだけで高ぶってしまった体が恥ずかしくて、外気にさらされた劣情《れつじょう》を隠そうとする。が、謙人の手より先に、進藤の手が躊躇《ためら》う様子もなくそれをつかんだ。間を置かずにきつく扱《しご》かれ、謙人はたまらずに声をあげる。

「あっ、あ」

「皆内さんの、きれいや」

どこか感心したような物言いに、顔から火を噴くかと思うほどの羞恥《しゅうち》を感じた。

「や、アホ」

「嫌やないやろ。こんなに濡れてんのに」

「言うな、て」

毒づく声が弱々しく震える。

進藤が言った通り、下肢《かし》はあからさまな水音をたてていた。恋人の指がそこに触れているという事実だけで、ひどく感じてしまう。淫《みだ》らな水音の源《みなもと》が、彼に愛撫《あいぶ》されている己の劣情にあるとなれば尚更《なおさら》だ。いつもより随分《ずいぶん》と早く絶頂《ぜっちょう》の波が押し寄せてくる。

「ん、ん……!」

「声我慢せんでええ。隣、今日深夜バイトでおらんから」

休むことなく愛撫を続けながら、進藤が囁く。

「な、声聞かして」

「ん、や」

「皆内さん」

情欲に濡れた声で名を呼ばれた瞬間、いく、と伝える間もなく達してしまう。

下肢を襲った強烈な快感が指の先にまで波及《はきゅう》し、全身が小刻《こきざ》みに震えた。

「は……」

息を吐き出すと同時に力を抜こうとしたものの、体の緊張は解《と》けなかった。達したはずの下肢が、少しも衰《おとろ》えていなかったからだ。体中が燃えるように熱い。息も荒いまま整わない。それどころか、時折小さな嬌声《きょうせい》がまじってしまう。

こんなん、初めてや……。

恥ずかしくてたまらなくて膝を閉じようとするが、進藤が脚《あし》の間にいるので閉じられない。のしかかっている進藤が、じっとこちらを見下ろしているのがわかった。羞恥のあまり身じろぐ、体液に濡れた体。快楽の余韻《よいん》に上気《じょうき》したままの顔。はっきりと欲を示している劣情。それらに熱っぽい視線がまとわりつく。

「や、進藤……」

思わず首を横に振ると、皆内さん、と掠れた声で呼ばれた。

「こんな興奮すんの、初めてや」

低い声が囁いたかと思うと、腹までめくられていたTシャツの裾を、脇の辺りまで更にたくし上げられる。たちまち膨《ふく》らみのない平らな胸が、進藤の前にさらされた。

熱に浮かされたようになっていた思考が、わずかに冷える。女性にはない男の証《あかし》を愛撫されておいて今更だが、薄い胸を進藤に見られるのはやはり不安だったのだ。

「み、見んな」

咄嗟にTシャツの裾を引き下ろそうとする。

しかし胸の尖《とが》りをつまんだ進藤の手に阻《はば》まれ、Tシャツを下ろすことはできなかった。

「し……、あ、ん」

進藤、と呼ぼうとした声は、すぐに甘い声にとってかわる。つかまえた突起《とっき》を、進藤が指先でこね始めたからだ。あっという間に硬くなったそれは、謙人に新たな快感を与え始める。

我慢できずに身を捩《よじ》って声をあげると、進藤は指でつまんだ突起を、更に強く弄《いじ》った。

「ここもきれいやな、皆内さんは」

「そん、あ、そんな」

「めっちゃ立ってる。カワイイ」

熱っぽい声で言うなり、進藤はもう片方の突起に嚙みついた。歯で挟《はさ》み込《こ》んだそれを、舌先で思う様 弄《もてあそ》ぶ。かと思うと、強く吸い上げる。

「ん、あ」

色を帯《お》びた声が漏れるのを止められなかった。唇で愛撫されている尖りも、指先で愛撫されている尖りも、痛いのに信じられないほど感じてしまう。自慰《じい》のときに胸を触ったこともあるが、これほど気持ちよくはならなかった。

高ぶった下肢から雫《しずく》が滴《したた》り落ちるのを感じる。それは触れられてもいないのに反《そ》り返《かえ》り、震えていた。

胸だけでこんな感じるて、信じられへん。

ねだるように揺れた謙人の腰の動きを、進藤は見逃《みのが》さなかったようだ。突起を口に含んだまま笑うと、両手で謙人の肌を撫でまわし始める。

大きな手が、脇腹から腰のラインをたどった。腹をつたい、際《きわ》どい場所へと撫で下ろす。腿《もも》にたまっていたジーンズが邪魔だとばかりに両脚から引き抜かれ、敏感《びんかん》な内腿にも触られた。そうして掌《てのひら》で謙人の体を余すことなくまさぐりながら、進藤は胸だけでなく、素肌のあちこちに口づける。

荒々しいけれど乱暴ではない愛撫は、謙人の体をより敏感にし、更なる欲へとかきたてた。

もっと触ってほしい。暴《あば》いてほしい。感じさせてほしい。

しかし進藤は、なぜか肝心《かんじん》なところには触れてくれない。

「や、しん、進藤」

うん？　と進藤が脇腹《わきばら》に歯をたてながら返事をする。きつく閉じていた目を開き、謙人は進藤を見下ろした。

肌を貪《むさぼ》るのに夢中な彼の表情は、ほとんど見えなかった。かわりに視界に映り込んだのは、進藤の浅黒い体とは対照的な、己の白い体だ。

窓から差し込む街灯の明かりを受けた肌は、汗に濡れているせいか、上気しているのに青白く光っていた。その不思議な青さが、肌に散った赤を、より扇情的《せんじょうてき》な色にしている。こんなに欲情した己の体を見るのは、謙人自身も初めてだ。

「さわ、触って」

わずかに残った理性が邪魔をして、どこを、とは言えずにねだると、濡れて色づいた胸の尖りをきつくつままれた。鋭い刺激に、たちまち体が跳ね上がる。

「ちが、そこ、ちが」

「……触らんでもいけそうや」

進藤の視線が下肢に注《そそ》がれたのがわかって、謙人はまた甘い声をあげた。彼の言う通り、触られないうちに達してしまいそうだ。絶頂はすぐそこまできている。

「嫌、や。触って」

自分が勝手にいくのではなく、進藤に触ってもらっていきたい。

その一心で腰を揺らすと、立ち上がったものを強くつかまれた。

「あぁ……!」

とても我慢などできなかった。まともな愛撫を受ける間もなく達してしまう。

解放された熱が、進藤の手だけでなく謙人自身の腹や胸にも飛んだ。下肢を襲った強烈な快感に、ガクガクと全身が震える。頭の中は真っ白で、何も考えられない。

荒い息を吐きながらぐったり力を抜くと、唇に触れるだけのキスをされた。

「大丈夫か？」

優しく問われ、謙人は閉じていた目を薄く開けた。ごく近い距離に、進藤の精悍な顔がある。視界は涙で滲んでいたが、そこに映っている愛しさと熱は、はっきりと見てとれた。

「進藤、エロい……」

嬉しさと照れくささを感じながら乱れた息の合間に囁くと、彼は淫蕩《いんとう》な笑みを浮かべる。

情欲を滴らせたその笑みは、初めて見るものだったが、少しも嫌ではなかった。それどころか、背筋が甘く痺れる。ひどく淫らな気持ちになる。

「皆内さんも、エロすぎや」

艶《つや》っぽい声で言って、進藤はまた唇にキスをした。

「酒でぐずぐずにならんでも、こっちではぐずぐずになんねんな。顔も声も体も、想像してたよりずっとエロいし、かわいい」

吐息まじりの囁きに切羽《せっぱ》つまったものを感じて、謙人はゆっくり瞬きをした。腿の辺りに硬いものが当たっている。

……これ、俺で欲情したんやんな。

そう思うと、抑えきれない愛しさと情欲が込み上げてきた。

「なあ、俺も……、進藤の、触りたい」

遠慮がちに言うと、進藤は息をつめた。

「……触ってくれるんか？」

「触らして、くれるんやったら……」

「触ってほしいに決まってる」

真顔で言った進藤は、謙人の腕をとって上体を抱き起こした。たくし上げられていたTシャツが、ずるりと腹まで落ちる。自然と互いに両脚を開いて向き合う形になった。

露になったままの下半身が恥ずかしくて、謙人は身じろぎした。羞恥に促《うなが》されるように、二度絶頂を味わったはずの前が性懲《しょうこ》りもなく充実し始める。

その変化を認めた進藤は、また淫蕩な笑みを浮かべた。

「どうせやったら全部脱ご」

Tシャツに伸びてきた手を、謙人は慌てて押し戻す。

「人のんばっかり脱がせんな。おまえも脱げ」

恥ずかしさをごまかすために素《そ》っ気《け》なく言って、自《みずか》らTシャツを脱ぐ。脱がせたかったのに、と文句を言いつつも、進藤もシャツを脱ぎ捨てた。

たちまち、筋肉質な上半身が謙人の目の前に現れた。小学校の頃から剣道で鍛《きた》えたという体は、謙人のそれより遙《はる》かにたくましく、ひきしまっていて、思わず目を奪われる。染みひとつない小麦色の肌は、文句なしにきれいだ。

「気に入ったか？」

悪戯《いたずら》っぽい問いかけに、うんと謙人は正直に頷いた。が、すぐ我に返り、アホ、と進藤の肩を叩く。

「何言わすねん」

「別におかしいこと言うてへんやろ。俺も皆内さんの体、気に入ったから」

からかうように言って、進藤は赤い印が散る謙人の脇腹に掌を添《そ》わせた。ひどく感じやすくなっている体は、それだけの刺激で大袈裟《おおげさ》なほど跳ね上がる。

「細いけど、ちゃんと筋肉ついてきれいや。色が白うて跡つけやすいんもええ。手触りも最高やし」

意味深《いみしん》に愛撫されて、自然と嬌声が漏れてしまう。

「あかん、て。今から、俺がするんやから」

また一人だけいってしまいそうで、謙人は慌てて進藤のジーンズに手をかけた。さすがにボタンをはずす手が震えたが、どうにか諌《いさ》めを解くことに成功する。

「わ……」

進藤の劣情を目の当たりにした謙人は、驚きの声をあげてしまった。自分のものより明らかに大きなそれは、既に張りつめている。

「こんなんで、よう我慢できるな……」

「愛があるからな」

息を切らしながらもしれっと応じた進藤に、謙人は笑ってしまった。

「俺かて、愛はあるで」

言いながら、進藤の劣情にそっと触れる。力加減がわからなくて緩く扱くと、進藤が低くうめいた。初めて聞くその声に、ゾクリと背筋が震える。

俺の手で、進藤が感じてる。

興奮を抑えきれず、謙人は積極的に手を動かし始めた。

「な、気持ちええ？」

「……ん。めちゃめちゃ、気持ちええ」

切れ切れの答えが嬉しくて身を乗り出すと、腰を引き寄せられた。その拍子に、高ぶりかけた己と進藤の劣情が触れ合う。初めての生々しい感触に、あぁ、と思わず声をあげてしまった謙人の耳に、進藤が唇を寄せてきた。

「一緒に触って」

行きがけの駄賃《だちん》とばかりに耳朶《じだ》に歯をたてられ、謙人は首をすくめた。その動きが仇《あだ》になり、進藤を握りしめた手に、己の高ぶったものが押しつけられる。

「あ、あ」

自分がこぼしたものと、進藤がこぼしたものが交じり合うのを目の前にして、謙人は目眩がするほどの欲を覚えた。

もっともっと、進藤を感じたい。

欲に抗《あらが》うことなく己と進藤を触れ合わせ、一緒に愛撫する。倍増《ばいぞう》した淫猥《いんわい》な水音に耳を侵《おか》された謙人は、色を帯びた声をあげた。

愛撫に夢中になるあまり、自然と前のめりになる。進藤の胸に上体を預け、震える手を懸命に動かす。

「進藤……、進藤」

甘えるように呼ぶと、背後にまわった進藤の大きな掌が、ツ、と下に降りた。上体を前に倒していたせいで露出《ろしゅつ》した谷間を、指先が探る。

「やっ、あ」

一瞬、羞恥を感じたが、前から生《しょう》じる快感に飲み込まれてすぐに消えた。進藤と共に上る坂道は佳境《かきょう》に入っている。止めたくないし、止められない。

謙人が愛撫を続けている間に、進藤の指は秘められた場所を難《なん》なく見つけ出した。確かめるようにそこを撫でた後、ゆっくり侵入してくる。何か塗られているらしく、指は支《つか》えることなく奥まで入ってきた。

「ん、んあ」

内臓が圧迫《あっぱく》されるような息苦しさは、やはりそれを上まわる快感によってかき消された。指を入れられた場所からあふれる粘着質《ねんちゃくしつ》な水音と、己の唇からひっきりなしに漏れる嬌声、進藤の荒い息遣いが、その快感を倍増させる。

先に達したのは謙人だった。わずかに遅れて、進藤も絶頂を迎える。

どちらが放ったものとも知れない淫水《いんすい》を浴びて、互いの体が震えた。

ほんまに、進藤とセックスしてるんや……。

じわじわと湧《わ》き上《あ》がってきた感動に大きなため息を落としたそのとき、下肢に鋭い快感が走った。あまりに強烈だったため、快感ではなく痛みだと錯覚したほどだ。

「あ！」

何が起こったのかわからなくて、謙人は咄嗟に進藤にしがみついた。三度目の快楽を味わったばかりで朦朧《もうろう》とした意識では、状況を把握《はあく》できない。

「ここ、ええか？」

掠れた声が尋ねてくると同時に、進藤の指が中で動いた。先ほどよりは緩いけれど、それでも充分刺激的な快感に、ああ、とまた色を帯びた声が漏れる。

内部を侵す指は、いつのまにか二本に増えていた。その二本の指が、柔らかくなりつつあるその場所を、更に蕩《とろ》かせるように淫《みだ》らに蠢《うごめ》く。途端に、あからさまな水音がそこから漏れた。

「ん、あ、あ」

羞恥を覚える間もなく、指の動きと連動して声が出てしまう。時折ひどく感じる場所をひっかかれ、その度《たび》に謙人は鋭い嬌声をあげた。意識しないうちに腰が淫らに揺れる。

後ろに感じる場所があることは知っていたけれど、まさかここまで強い刺激を感じるとは思っていなかった。声も体液も何もかも、止めようとしても止められない。

「止ま、止まら、へん……」

「止めんでええ。気持ちええやろ？」

「ええ、けど……、や、あ」

コントロールがきかない体が怖くて、謙人は進藤の首筋にしがみつく腕に力をこめた。すると、耳元で情欲に濡れた声が囁く。

「もう一本、入れるな」

諾《だく》と答える前に、三本目の指が強引に入り込んできた。急激に圧迫感が増して、謙人は悲鳴をあげる。

「いたっ、痛い」

「ごめん。けど慣らしとかんと、皆内さんが辛《つら》いから……」

ごめんな、と重ねて謝りつつも、進藤は愛撫をやめなかった。三本の指が傷つけないように慎重に、しかしもっと蕩かせようと大胆に動く。

休むことなく続く愛撫に、謙人は悶《もだ》えながら喘《あえ》いだ。快感と痛みと苦しさがない交ぜになり、ぽろぽろと涙がこぼれ落ちる。

「しん、進藤……」

助けを請《こ》うように恋人の名を呼んだ次の瞬間、一息に指を引き抜かれた。突然の衝撃と喪失《そうしつ》感《かん》に、掠れた声をあげてしまう。体のどこにも力が入らなくて、進藤にぐったりもたれかかると、切羽つまった声が聞こえてきた。

「ごめん、限界や。入れさして」

頷く間もなく、再び床に押し倒される。ただ、上半身をしっかり支えてもらったので頭を打ちつけることはなかった。

進藤、優しい……。

そんなことをぼんやり思って微笑むと、進藤は心底困った顔をした。

「これからもっと痛いし、苦しい思うけど、大丈夫か？」

抑えきれない情欲の中にも、確かな優しさが感じられる物言いに、謙人は進藤を陶然《とうぜん》と見上げた。

精悍な面立ちは汗で濡れている。切れ長の目許は赤く染まっていた。恋人の体と心を狂おしいほどに欲する、男っぽい表情がそこにある。

その表情を目の当たりにしても、やはり不安や恐れは湧いてこなかった。進藤を好きな気持ち、そして求める気持ちだけが全身に満ちている。

「平気や……。入れて」

自ら膝を立てると、進藤は苦笑した。

「限界やて、言うたやろ。煽《あお》んな」

は、と自らを落ち着けるように息を吐いた進藤は、更に大きく深呼吸した。そしていつのまに用意したのか、ゴムの袋を開ける。

「な……、俺が、つけよか？」

純粋につけてみたかったので申し出ただけだったが、アホ、と叱られた。ゴムをつけながら、進藤が軽くこちらをにらむ。

「そんなんしたら、すぐいってまう」

「限界なんや……？」

「そう言うたやろ」

進藤の答えが嬉しくてまた微笑むと、両膝の裏をぐいと持ち上げられた。露になったその場所が、ひくりと蠢く。まだ指の感触が残っているせいか、内部が不規則に収縮《しゅうしゅく》しているのがわかった。

早く、と催促《さいそく》しているような動きをしたそこに、進藤のものが強く押し当てられる。かと思うと、それはゆっくり内部へ入り込んできた。

「んっ……、う……」

凄《すさ》まじい圧迫感に、謙人はきつく目を閉じた。指とは比べ物にならない大きな塊《かたまり》が内部を押し開いてゆく感覚に、息がつまる。

「皆内さん、息して」

苦しげな物言いに、進藤も今のままでは辛いのだとわかる。

嫌や。気持ちようなってほしい。

進藤が一度止まってくれたので、謙人は必死で息をした。何度か深呼吸をくり返すと、わずかではあるが圧迫感《あっぱくかん》が薄れる。

思わずほっと息をついたその瞬間を待っていたかのように、進藤は体を進めてきた。半分ほど入っていたせいだろう、意外にスムーズな動きで根元まで侵入してくる。

「あっ……！」

奥深くまで占拠《せんきょ》される感覚に耐えかねて、背が弓なりに反《そ》った。

苦しい。息ができない。痛い。熱い。

一度は止まった涙が、またあふれ出した。それに気付いたらしく、ごめん、と進藤が息を切らしながら謝る。

「ごめんな……。痛い、よな」

少しでも痛みを和《やわ》らげようとするかのように、進藤は抱えていた謙人の内腿を撫で、口づけた。ひどく敏感になっている体は、柔らかな接触だけでビクンと大きく跳ね上がる。

その拍子に締め付けてしまったらしく、進藤は低くうめいた。

「ごめ……」

思わず謝ると、進藤は苦笑した。

「何で、皆内さんが謝んねん……」

「おまえに……、気持ちよう……、なって、ほし、のに……、うまいこと、できんから……」

汗に濡れた顔をひしと見上げて言うと、進藤は喉を鳴らした。情欲を逃がすように短く息を吐いた後、うなるように答える。

「何、言うてんねん……。皆内さんの中、めちゃめちゃ、気持ちえぇで……」

「ほんま……？」

「ほんまや。入れてるだけで、やばい」

その言葉を証明するかのように、謙人の中をいっぱいに満たしたものは力強く脈打っていた。既に充分な大きさがあったそれは、入ってから更に大きくなった気がする。

これ、進藤のなんや……。

進藤が俺ん中に、入ってる。つながってる。

そう思うと、背筋に甘い痺れが走った。ほんの一瞬、痛みと苦しさを忘れる。

その結果、快感だけを拾い上げた下肢が艶《なま》めかしく揺れた。進藤がまた、く、と喉《のど》を鳴らす。

「マジで、あかん。動いてええか？」

切羽つまった様子で尋ねられ、謙人は考えるより先に頷いた。もっと進藤を感じたい。既にそのことしか頭にない。

「動い、て……」

「皆内さん……！」

掠れた声で呼ばれたかと思うと、内側を占拠していた灼熱《しゃくねつ》の塊が動き出した。

「あ、あ、あっ」

淫靡《いんび》な水音と共に思う様突かれ、貫《つらぬ》かれる。そこが裂けてしまうのではないかと、針《はり》の先ほどしか残っていない理性で心配してしまうほど、進藤の動きは淫らで激しかった。痛みと圧迫感の隙間を縫《ぬ》って、時折襲いかかってくる快感の鋭さに、ひっきりなしに声があがる。

いつのまにか、謙人の体はまたしても欲情していた。貫かれている場所はもちろんのこと、下腹全体が熱くてたまらない。腰から下が溶けてなくなってしまったかのようだ。

それなのに、押し寄せてくる絶頂感だけははっきりしていて、謙人は頭を振った。

「も……、いく」

すすり泣きながら訴《うった》えると、ん、と進藤が頷く気配がする。

「俺も、や」

一際強く穿《うが》たれたそのとき、謙人は声にならない声をあげ、熱を解放した。間を置かず、進藤も謙人の内部で達したのがわかる。

「あ……」

びくびくと腹筋が震える。同時に、進藤が息を吐いた。満足と安堵から出た、深い吐息だ。

この上ない歓喜《かんき》が髪の一本一本にまで満ちる感覚に、謙人も恍惚《こうこつ》とため息を落とす。

進藤、俺で感じて、俺ん中でいったんや……。

好きな人とするセックスが、こんなにいいものだとは思わなかった。

かつてない幸福感と充実感を感じつつ体の緊張を解《と》いたそのとき、進藤が小さくうめいた。

そこで初めて、中に入ったままの彼の劣情が衰《おとろ》えていないことに気付く。

「しん、どう……？」

「ん、ごめん。一回では、足らんみたいや」

低い声で囁いて、進藤は一度体を引いた。奥まで占拠していたものが内壁《ないへき》を擦《こす》りながら出てゆく感触に、謙人は艶《つや》やかな悲鳴をあげる。

息苦しさと圧迫感はなくなったものの、進藤を失ったそこは、まだ足りないと言わんばかりに収縮した。もどかしげに腰がくねるのを止められない。足りないのは謙人も同じだ。

「や……、進藤」

ねだるように呼んで見上げると、進藤と目が合った。霞《かす》んだ視界に映った精悍な顔には、隠しきれない情欲が滲んでいる。

「もっと、してええか？」

熱っぽい問いかけに、謙人は迷うことなく頷いた。

「して、もっと」

チチ、という鳥の鳴き声が聞こえてきて、謙人《けんと》はふと目を覚ました。見上げた天井は、カーテンの隙間から差し込む柔らかな光に照らされている。——朝だ。

ここどこや……。

似ているけれど自室とは違う。

冷房がきいているらしく、肌に触れる空気は乾いていて快適だった。我知らず身じろぎすると、体が直接布団《ふとん》に触れる。どうやら全裸のまま眠っていたようだ。

布団の感触自体は心地好《ここちよ》かったが、全身がひどくだるい。しかもあちこちが痛む。中でも下肢《かし》が痺《しび》れたようになっていて、感覚がほとんどなかった。それなのに、なぜか指先にまで充足感が浸透《しんとう》している。

そおや。昨夜《ゆうべ》、てゆうか今日、進藤《しんどう》とやって、そのまま寝てしもたんや。

全身に残る痛みと充足感の正体を思い出して、火を噴くかと思うほど頬が熱くなる。思わず顔を覆《おお》った謙人だったが、己《おのれ》が横になっているシングルベッドに肝心《かんじん》の進藤の姿がないことに気付いた。

たちまち不安になって辺りを見まわすと、恋人はすぐに見つかった。ベッドの下で眠っていたのだ。タオルケットにくるまり、穏《おだ》やかな寝息を立てている。

ひょっとして俺が落としたんやろか。

もしそうだったら申し訳ないと思いながらも、謙人は笑ってしまった。床に直接転がっている状態なのに、進藤の寝顔が幸せそうだったからだ。あまりに頬が緩んでいるので、少し間抜けにも見える。

昨夜はほんまに、めちゃめちゃ気持ちよかったもんな。

一度つながった後、また同じ体勢で入れられた。なかなか達しない進藤に焦《じ》れて、自《みずか》ら腰を揺らして行為をねだった覚えがある。やっと達したかと思ったら、今度はベッドにうつ伏せにされて背後から貫《つらぬ》かれた。許容量を超えた快感に翻弄《ほんろう》され、もうまともな言葉を発することができず、揺さぶられながら泣きじゃくった。

進藤が、あんなにエロいとは思わんかった……。

もちろん、彼はいやらしいだけではなかった。事後、丁寧《ていねい》に体を清めてくれた手の温かさと優しさが、おぼろげながら記憶に残っている。

恋人に負けないぐらい頬を緩《ゆる》ませて寝顔を見つめていると、視線を感じたのか、進藤は眉を寄せた。間を置かず、うっすらと目を開ける。

「おはよう」

かけた声は掠《かす》れた。昨夜、色を帯《お》びた声を散々《さんざん》あげたことを証明してしまったようで、慌てて口を噤《つぐ》む。

進藤はゆっくり瞬《まばた》きをした。かと思うと蕩《とろ》けるような笑みを浮かべ、体を起こす。

「おはよう。気分は？」

優しい問いかけに内心で舞い上がりつつも、謙人はわざと顔をしかめた。

「最悪や。あっちこっちだるいし痛いし、おまえが入れたとこ、痺れて感覚ないし」

横たわったまま文句を並べる。声を抑《おさ》えたのは、掠れないようにするためだ。

しかしベッドの脇に腰かけた進藤は、なぜか嬉しそうに笑う。

「コラ。何で笑うねん」

「不機嫌な皆内《みなうち》さんて、たぶん俺しか見たことないやろな思《おも》て」

進藤の指先が頭に伸びてきた。昨夜、謙人を快楽に溺《おぼ》れさせた長い指が、慈《いつく》しむ仕種《しぐさ》で髪を撫《な》でてくれる。心地好くてそのままにしていると、それに、と進藤は続けた。

「エロい皆内さんも、俺だけしか見たことないやろ」

昨夜の情事を思い出したらしく、進藤の目じりが下がる。一度は引いた顔の熱が再び戻ってくるのを感じて、アホ、と謙人は毒づいた。

「初めてやのにやりすぎや」

「ん、ごめん。けど皆内さん、ごっつエロいしカワイイし、ずっと我慢してたから止められんかって」

ごっつエロい、という部分にツッこもうとした謙人はしかし、ずっと、という続きの言葉の方が気になって一旦《いったん》口を噤《つぐ》んだ。進藤を見上げ、遠慮がちに尋ねる。

「ずっとて、いつから我慢してたんや」

「皆内さんと付き合い始めて、男同士のセックスがどういうもんか調べてからかな。せやからけっこう前から我慢してた」

さらりと言われて、謙人は言葉につまった。どうやら進藤は本当に、男である謙人の体に対して、少しの疑問も嫌悪《けんお》も抱《いだ》いていなかったようだ。

ほんまに何もびくびくすることなかったんや……。

恋人の度量の大きさに改めて感じ入っていると、進藤は謙人の髪を梳《す》きながら続けた。

「俺と付き合い始めてからも、皆内さんは女の子にやたらもてて、それやのにびっくりするぐらい無防備で。けど皆内さんは女に興味ないから大丈夫やて、自分に言い聞かしてた。そういうときにちょうど日高《ひだか》さんと鉢合《はちあ》わせしてしもたんや」

一度言葉を切った進藤は、短いため息を落とした。

「そしたら皆内さん、日高さんにまで気に入られるし。これ以上もたもたしてたら男とか女とか関係なしに、誰かに取られてまう思てん」

「もたもたて……」

鸚鵡返《おうむがえ》すと、進藤は苦笑した。

「皆内さん、俺がキス以上のことしようとすると逃げようとしてたやろ」

謙人はまたしても言葉につまった。怖がっていたことを、やはり見抜かれていたのだ。

ごめん、と謝ろうとした唇に、触れるだけのキスをされる。謝らんでええ、という風に見下ろしてくる双眸《そうぼう》に隠し切れない愛《いと》しさが映っていて、じんと胸が熱くなった。

「せやけど皆内さん、俺のこと嫌いどころかめっちゃ好きやっていうのが態度からも言葉からも滲み出てるし。男と付き合うんもセックスするんも初めてやて聞いてたから、皆内さんのペースでゆっくり優しいしよう思てたんや。けど日高さんのことがあって焦《あせ》ってしもて、無理やりやろうとしてしもた。あんときはほんまごめんな、怖かったやろ」

真摯《しんし》に謝られて、ううん、と謙人は慌てて首を横に振った。

「俺、セックス自体が怖かったてゆうより、進藤が俺の体見て萎《な》えるんが怖かったんや。進藤はノンケやろ。せやから俺の体触って、男とはやっぱり無理やて思われるかもしれん思て、不安やった。そういうときに急にされたから余計にびっくりして、どないしてええかわからんようになっててん」

正直に告白すると、進藤はわずかに目を見開いた。謙人が拒《こば》んだ理由が、想像していたものとは違っていたらしい。

しばらく黙った後、そか、と短く頷く。精悍《せいかん》な面立《おもだ》ちに映ったのは、生真面目《きまじめ》な表情だった。

「気付けんで悪かった」

「や、そんなん全然。進藤が謝ることちゃう。俺こそちゃんと話したらよかったのにごめんな。あと、突き飛ばしてごめん」

慌てて謝った謙人は、ハタと我に返った。

そういえば、進藤に聞きたかったことがあったのだ。

再び髪を撫で始めた恋人を、進藤、と呼ぶ。

「おまえ、何で俺がおまえを抱きたい思てるて勘違いしたんや」

うん？　と首を傾《かし》げ、進藤は苦笑いした。

「皆内さんも欲情してたのに、後ろ触ろうとしたら物凄《ものすご》い勢いで拒否られたから」

「後ろて……」

そういえば進藤を突き飛ばす直前、尻を触られた気がする。

「せやから俺に抱かれるんが嫌なんかと思て。抱かれるんと違《ちご》て、抱きたいんとちゃうかて考えたんや」

どこまでも真面目な顔で話す進藤に、はあ、と謙人は幾分《いくぶん》か間の抜けた声をあげた。想像もしていなかった理由に、言葉が出てこない。

まじまじと見つめると、進藤はまた微苦笑《びくしょう》した。

「この一週間、皆内さんに抱かれることができるか、ずっと考えてた。皆内さんのことは好きや。こんなに人好きになったんは初めてや。せやけどどうしても、抱かれる勇気は出んかった。

せやから抱かしてくれて頼もう思て」

真摯な口調に、ふうん、と今度は感心して頷く。

そんで土下座《どげざ》までしたわけか……。

異性としか付き合った経験がない男が同性と恋愛した場合、どんな拒み方をされようと、進藤のように情事の役割について悩むことは少ないのではないだろうか。ましてや進藤の容姿《ようし》は、謙人よりはるかに男らしい。もちろん外見で抱く抱かれるが決まるわけではないが、女性のみを恋愛対象にしてきた男の中には、外見で判断する者も少なからずいるだろう。

進藤は真面目で固い。しかしその固さは、己の考えに執着《しゅうちゃく》したり、己が絶対に正しいと譲らない固さではない。起こったことを正面から受け止めて、逃げずに向き合う固さだ。

進藤のそういうとこ、カッコエエけどややこしいし、正直ちょっと面倒やけど。

俺はそういう固い進藤が、めちゃめちゃ好きや。

「衝突と葛藤《かっとう》は付きもの、やしな」

昨日、日高が言っていた言葉をつぶやくと、進藤は首を傾げた。

「何やそれ」

「や、昨日、日高さんがそう言うとって」

バカ正直に答えてから、しまった、と謙人は思った。進藤の眉間《みけん》に、くっきりと皺《しわ》が浮かんだからだ。

慌てて口を噤んだが、もう遅い。髪を撫でてくれていた進藤の指に、額《ひたい》を軽く弾《はじ》かれる。

「何回も言うけど、皆内さんは無防備すぎる。相手ゲイやぞ。もっと気ぃ付けんと」

「や、俺もゲイやけど、ゲイやからって男やったら何でもええことないから」

「アホ。何をぬるいこと言うてんねん。昨日キスされとったやろが」

厳しい口調で言った進藤に、謙人はぐっと言葉につまった。不意打ちとはいえ、キスをされたことは事実だ。

「……ごめん。これからは、もっと気ぃ付ける」

神妙に謝ったが、進藤は表情を緩めない。

「日高さんだけやない。男女関係なしで、誰に対してもやぞ」

「うん。ほんま気ぃ付けるから」

大きく頷いてみせると、進藤はようやく微笑んだ。

「まあ皆内さんは、ニコニコしててぽやっとしてるんがカワイイとこでもあるからな」

再開された髪への愛撫が心地好くて目を閉じる。ひどく幸せな気分で、なあ、と謙人は声をかけた。

「夏休み、旅行行くて言うてたやんか。近場でええし、どっか行こう」

「せやな。今から行けるとこ探すわ」

甘やかすような声に、謙人はそっと瞼《まぶた》を持ち上げた。ひどく嬉しそうな顔をしている進藤を、わざとにらむ。

「旅行行ったら、今回みたいに無茶したらあかんぞ」

「何で」

「何でて、動かれへんやろが」

「それやったら旅行やめて、ずっと部屋でいちゃいちゃしてよか」

満更冗談《まんざら》ではなさそうな提案に、アホ、と笑いながら毒づく。

しかし進藤は、アホちゃうで、とあくまで真面目に応じた。

「俺は皆内さんと一緒におれるんやったら、ただ部屋におるだけでも充分から」

「一緒におるだけで済まんやろ」

「そらもちろん済まんな。皆内さんがどんだけカワイイてエロいかわかってしもたから。昨夜以上に、やらしいことといっぱいいしまくるに決まってる」

「なっ……」

しれっと言ってのけた進藤に何か言い返そうと、謙人は唇を動かした。が、恥ずかしさのあまり言葉が出てこず、ただ赤面する。

謙人の様子をじっと見ていた進藤は、満足そうな笑みを浮かべた。

「やっぱりカワイイなあ、皆内さんは」

愛《いと》しげにつぶやいて、再び謙人の髪を撫で始める。じんわりと伝わってくる掌《てのひら》の熱が、ひどく心地好かった。優しい仕種に誘導《ゆうどう》されたかのように眠気が襲ってきて、ふあ、と我知らず欠伸《あくび》が漏《も》れる。

するると、進藤が小さく笑う気配が伝わってきた。

「皆内さん、まだ眠いやろ。委員会には休むて連絡しとくわ。今日はずっと側《そば》におるし、ゆっくり休んで」

「けど、急に二人して休んだら、迷惑かかる……。昼からでも、行くわ……」

そう言いつつも、瞼を上げていられない。

「皆内さんは今日は無理やて。そしたら俺だけ昼から行ってくる。無茶したん俺やからな。俺が皆内さんの分も働いてくるから」

優しい口調に、ん、と謙人は目を閉じたまま頷いた。進藤の言葉に素直に甘えようと思う。昨夜の疲れは、確かにまだ解消されていない。そもそも、こんなに疲れる原因を作ったのは進藤なのだ。

「進藤……？」

「うん」

「何で、床に寝てたんや。俺がベッドから落としたんか？」

「まさか。シングルやから二人で寝たら狭いやろ。皆内さんにゆっくり休んでもらおう思て、最初から床で寝たんや」

ふうん、と謙人は相づちを打った。どうにかがんばって薄目を開けると、進藤がいとおしむ眼差しを向けてくる。

その目を見ただけで愛されていることが伝わってきて、思わず微笑《ほほえ》む。

「おまえも、まだ眠いやろ……。サークルに連絡したら、ベッドで一緒に寝よ……」

言うだけ言って、謙人は再び目を閉じた。

一瞬、頭を撫でてくれていた進藤の手が止まる。が、慈しむような接触は、すぐに再開された。

「かなわんなあ……」

嬉しそうなつぶやきを耳に入れつつ、睡魔《すいま》に身を任せる。

次に目を覚ましたときには、進藤に抱きしめられていることだろう。それはきっと謙人が今まで経験したことのない、素晴らしい目覚めに違いない。

あなたに夢中

卒業式の後に行われた謝恩会《しゃおんかい》が終わったのは、午後五時頃だった。更にその後、学園祭実行委員会の送別会があり、店を出る頃にはすっかり夜になっていた。少しずつ春めいてきたとはいえ、日が落ちるとまだかなり寒い。

進藤貴之《しんどうたかゆき》は無意識のうちに、スーツの上から腕をさすった。

あちこちで、俺のこと忘れんなよ、また連絡くださいね、元気でな、と賑《にぎ》やかながらも湿っぽいやりとりがくり広げられている。アルコールが入ったせいか、中には泣いている者もいた。

いつもの飲み会なら、二次会、三次会へと相当な人数が流れる。しかし明日の土曜から早速《さっそく》会社の研修が始まる者や、就職を決めた故郷へ帰るため、日付が変わる前に電車に乗らねばならない者がいるので、今日は一軒で解散だ。

「進藤先輩、就職大阪っすよね」

「近いし、また遊びにきてください」

後輩たちに声をかけられ、ああと笑顔で頷いていると、ふいに隣でため息の音がした。

「明日から大学行くことないなんて、信じられない」

途方に暮れたようにつぶやいたのは若尾《わかお》だ。卒業式には袴《はかま》姿だった彼女だが、今はワンピースの上に薄手のコートを羽織《はお》っている。

ほんまやなあ、と感慨《かんがい》深《ぶか》げに応じたのは、若尾の横にいた迫田《さこた》だ。こちらは卒業式に着ていたスーツのままである。

「皆《みんな》と会えんくなるんは嫌やなあ。ワカちゃんは東京に帰ってまうんやろ」

「うん。サコちゃんはどこへ配属になったの？」

「まだわからへんねん。本社で二ヵ月研修した後に決まるんやて。私、東京でもええな。そしたらワカちゃんに会えるし、東京やったら美味《おい》しいもんもいっぱいありそうやし」

ちゃっかり『美味しいもん』と言うあたりが、いかにも食べることが趣味の迫田だが、口調そのものは物憂《ものう》げだ。ただ寂しいだけでなく、初めて社会に出て働く不安を感じているせいかもしれない。

進藤はといえば、卒業式と送別会を終えても、それほど寂しさを感じなかった。サークルの仲間やゼミの友人たちと会えなくなるのは、確かに寂しい。不況の真《ま》っ只中《ただなか》に社会へ出る不安も、ないことはない。しかし何よりも、社会人になれる喜びの方が大きかった。

これでやっと、皆内《みなうち》さんに追いつける。

去年、恋人である皆内謙人《けんと》が大学を卒業したとき、一浪したことをどんなに悔《く》やんだかしれない。一人置いていかれてしまう気がして、自分が卒業した今日よりもナーバスになってしまった。謙人が気を失うまで執拗《しつよう》に抱いたのは、後にも先にも、去年の卒業式の日の夜だけだ。もう嫌やと泣きながら訴《うった》えられても止められず、結局朝まで腕の中から出さなかった。

一足先に社会人となった恋人と肩を並べるためと思えば、厳しい就職活動も苦《く》にならなかった。第一志望の会社から内定をもらえたとき、真っ先に謙人に報告したことは言うまでもない。

「進藤先輩」

涙声で呼ばれて振り返ると、一学年下の女子学生がいた。目と鼻を真っ赤にした彼女は、ひしとこちらを見上げてくる。

「先輩、もう卒業しはるから言います。私、先輩のこと好きです」

おおお、と周囲が一斉《いっせい》にどよめいた。若尾と迫田も、目を丸くして彼女を見つめる。

進藤はゆっくり瞬《まばた》きをした。彼女の好意には気付いていたから驚くことはなかったが、面と向かって告白されるとは思っていなかったのだ。

「ありがとう。けど俺」

「付《つ》き合《お》うてる人いてはるんですよね。知ってます」

自《みずか》ら進藤の言葉を遮《さえぎ》った彼女は、間を置かずに続けた。

「全然望みないてわかってたから、今までコクらんかったんです。ただ言うときたかっただけやから。ごめんなさい」

謝るなり泣き出した彼女を、若尾と迫田を含めた女性たちが宥《なだ》めにかかる。

「ああ、泣くな泣くな」

「世の中には進藤君よりええ男いっぱいおるから。な」

「そおですよー。泣かんといてください」

告白された進藤は放ったらかしで、口々に慰《なぐさ》める彼女らに微苦笑《びくしょう》する。先輩後輩関係なく、実行委員会のメンバーの仲の良さは、もはや伝統のようなものだ。

入学早々、謙人に巡り会えたのは、この上ない僥倖《ぎょうこう》だったと思う。謙人自身と知り合えたことはもちろんだが、彼が実行委員会に入っていたおかげで自分も委員会のメンバーとなり、良い仲間に恵まれた。大学生活が充実したものになったのは、間違いなく謙人のおかげだ。

「もてるんも大変やな、進藤」

同級の男に背中を叩かれる。その横で、後輩の男が首を傾《かし》げた。

「僕、進藤先輩のカノジョていっぺんも見たことないんすけど」

「俺もめっちゃ美人てゆう噂だけしか知らん」

「最後やし、名前だけでも教えろや」

からかう視線を向けられて、進藤は少しの間、考えた。

委員会の男たちが同性に興味がないノンケばかりだったからか、あるいは、謙人が進藤に対してだけではなく、誰にでも優しい気さくな人柄だったからか、二人の恋人関係はばれていない。知っているのは今現在、アパレルメーカーで働いている吉島《よしじま》だけだ。

「イニシャルはKや」

思案《しあん》の末にそれだけを言うと、ぶは、とメンバーたちは噴き出した。

「イニシャルだけかい」

「名前も教えたないて、どんだけ独占欲強いねん」

「よっぽど惚《ほ》れてはるんすねえ」

笑いながら肩を叩いてくる彼らに、肯定も否定もせず、ただ笑みを返す。

すると今度は、否定せんのかい、と一斉にツッこまれた。

独占欲が強いのも、惚れ込んでいるのも本当だ。謙人に関しては、自分でも驚くほど余裕がない。付き合って三年以上経《た》つ今も、かわいくて愛《いと》しくて、いつでも欲しくてたまらないのだ。

謙人が社会人となったこの一年は、男にも女にももてる彼が、自分の知らない世界で、知らない誰かに言い寄られてはいないかとハラハラし通しだった。

謙人本人にも何度か問《と》い質《ただ》したが、アホか、と心底あきれた顔をされた。

仕事に慣れるのに精一杯で、それどころやない。心配してくれんのは嬉しいけど、俺、おまえが思《おも》てるほどもてへんから。

そう言って明るく笑った顔を思い出す度《たび》、苦《にが》い心持ちになる。

確かに俺も妬《や》きすぎかもしれんけど、あの人の自覚のなさも困ったもんや……。

恋愛に真摯《しんし》ではあっても淡白だった自分が、過剰《かじょう》に嫉妬《しっと》してしまう理由は、正直、よくわからない。謙人があまり妬かないので、余計《よけい》に自分だけがおかしいのかと思ってしまう。

とはいうものの、謙人は謙人で、進藤が男である自分が嫌になるのではないかという不安を、いまだに持っているらしい。

それこそ無用の心配だ。謙人と付き合い出してからは、男はもちろんのこと、女も目に入らない。現に今、女性に告白されても微塵《みじん》も心は動かなかった。それどころか、早く謙人の顔が見たいと思う。一週間前に触れた肌が、ひどく恋しい。

謙人は卒業と同時に、独身向けの物件《ぶっけん》に引っ越した。同じマンションの三つ隣だった学生の頃よりは離れてしまったが、徒歩で十五分ほどの距離なので、謙人が休みの土日になると、こちらから訪《たず》ねることが多い。今日もこの後、彼のマンションへ行く予定だ。

「また学祭んときに顔出すし」

「待ってますー。連絡くださいね」

「元気でな」

「がんばってください」

それぞれが名残《なご》り惜《お》しげに手を振り、散ってゆく。

しくりと胸が痛むのを感じながら、進藤も軽く手をあげ、仲間たちと別れた。

そして自分を待っていてくれる恋人の元へと、迷うことなく足を向けた。


謙人が住むマンションが見えてきて、進藤は足を速めた。

心の内にあるのは、既に謙人のことだけだ。

最後なんやから、送別会はゆっくりしてこいよ。俺のことは気にせんでええからな。

昨夜《ゆうべ》、電話で話したとき、そう言ってくれた優しい声を思い出す。謙人は抜けているところもあるけれど、基本は思いやりを忘れない、頼りがいのある性格だ。そういう人柄がまた、好きなのだ。

人間的には、俺より皆内さんのがでかい。

だからこそ、この一年は学生である自分がもどかしかった。

しかしそれも、今日までの話だ。

軽い足取りで角を曲がると、マンションの前にタクシーが停まっているのが見えた。その横に男が一人、そして女が二人いる。

男は謙人だった。トレーナーにジャージのズボンという部屋着姿だ。若い女性二人は知らない顔である。

思わず足を止めると、三人の会話が聞こえてきた。

「気ぃ付けて帰ってください」

心配そうに言った謙人に、ありがとうと一人の女性が礼を言う。もう一人の女性は返事をしない。うつむいたまま、じっとしている。

「タクシー呼んでもろてごめんな」

「そんなん全然、気にせんといてください」

気さくに応じた謙人は、黙っている女性に目を向けた。

「石田《いしだ》さん、月曜から、またよろしくな」

遠慮がちな物言いに、女性はペコリと頭を下げた。

それを見て、謙人はほっとしたように笑う。もう一人の女性も安堵《あんど》の表情を浮かべた。

「そしたらまた会社で」

はい、と謙人が頷いたのを機に、女性二人はタクシーに乗り込んだ。車は進藤がいる方とは逆の方向へ、ゆっくりと走り出す。

謙人はその場に留《とど》まり、タクシーを見送った。彼がため息を落としたのが、大きく上下した肩から見てとれる。

今の二人——いや、うつむいていた女性だけか。

皆内さんに告白しに来たんや。

直感で悟《さと》った進藤は、きつく眉を寄せた。同時に、謙人に向かって駆け出す。

「皆内さん」

呼ぶと、謙人は驚いたように振り返った。派手さはないものの、整った柔和《にゅうわ》な面立《おもだ》ちに、嬉しそうな笑みが広がる。その笑顔は、恋人だけに向けられる特別なものだ。

そうとわかっていても不快感は消えなかった。つい先ほどまで感じていた安堵と歓喜《かんき》は、いつのまにかすっかり霧散《むさん》している。

「おかえり、進藤」

明るい声に応じる余裕もなく、進藤は謙人の正面に立った。

「今の二人、誰や」

「ああ、会社の同僚。一人は先輩で、もう一人は同期のコや」

「ただの同僚が、こんな時間にわざわざ何しに来てん」

早口で尋ねると、謙人は苦笑した。進藤に妬かれた今までの経験から、へたに嘘をついたり、ごまかしたりしない方がいいと思ったのだろう、すぐに口を開く。

「コクられたんや。酒の勢いに任せてうちまで来たみたい。けどちゃんと断ったから」

「何て言うて断った」

詰問《きつもん》口調になってしまうのを止められなかった。何しろ腹の底では、どす黒い感情が渦《うず》を巻いているのだ。

一方の謙人は怯《ひる》む様子もなく、まっすぐにこちらを見上げてくる。

「付き合《お》うてる人がおって、その人のことが凄《すご》く好きで大事やから、お付き合《あ》いできません。ごめんなさい。て、言うた」

どや、文句ないやろ、と言いたげな悪戯《いたずら》っぽい視線を向けられ、進藤は言葉につまった。本当にそう言ったのだとわかる物言いに、焦《あせ》りと不安、そして嫉妬が幾分《いくぶん》か薄まる。

しかしもちろん、完全には治まらなかった。目の前にいる恋人が、間違いなく自分のものだと確かめずにはいられない衝動に駆られる。忙しいときなら精一杯努力して抑《おさ》えるところだが、これから丸二日、二人きりなのだ。

今は、抑える必要ないよな。

「俺にはおまえだけやて何回も言うてるやろ。何で信じてくれんかなあ」

困ったように眉を寄せた謙人の手を、進藤はしっかりと握《にぎ》った。冷たい手の感触が、彼が長い時間外にいたことを伝えてくる。

勝手にコクりに来ただけのどうでもええ奴を、わざわざ見送るからや。

再び強い嫉妬が湧《わ》きあがってくるのを感じつつ、謙人の手を強く引き、そのまま無言でマンションの中へ入る。返事がないことが気になったらしく、進藤、と謙人が呼んだ。

ちらと振り向くと、彼はやはり困った顔をしていた。一方で、どこか嬉しそうでもある。

謙人が恋人のやきもちを嫌悪《けんお》していないとわかって、進藤は彼の手を握る指からわずかに力を抜いた。すると間を置かず、きゅっと握り返される。

予想していなかった行動に、進藤は再び振り向いた。

目が合うと、謙人は照れたように笑った。周囲に人がいなかったからだろう、ただ手を握るだけでなく、指をからめてくる。細く繊細《せんさい》な指は、進藤の体温を移して幾分か温まっていた。

その指が、もっとあったためて、と甘えるように手の甲を撫《な》でてくる。

触れ合った場所から伝わる温度に、暗い情動が蕩《とろ》かされてゆくのがわかった。

――この人のこういうところにも、俺は弱い。

「この寒いのに、上着も着んと外におったら風邪ひくやろ」

手をつないだまま肩を並べ、ため息まじりに言う。

ああ、せやな、と謙人は頷いた。つないだ手を子供のように振るのがまたかわいい。

「急やったから、そこまで頭まわらんかった」

「人のことより、もっと自分のこと考えぇ」

「んー、けどまあ、俺のことは別にええかなって」

「はあ？　何がええねん。ええことあるか」

思わず叱《しか》る口調になった進藤に、謙人は嬉しそうに笑った。

「おまえがそうやって俺のことめっちゃ考えて大事にしてくれるから、俺自身は考えんでええかなって思《おも》てまうねん」

クスクスと笑いながら言った謙人に、進藤は眉を寄せた。不快で寄せたわけではない。ひどく照れくさくて、それをごまかすためにしかめっ面《つら》になったのだ。

「アホか。俺が大事に思てる皆内さんを、皆内さんが粗末《そまつ》に扱《あつこ》うてどないすんねん。そんなんは俺が許さん」

ぶっきらぼうに言うと、謙人は瞬きをした。かと思うと突然、腕にしがみついてくる。

驚いて見下ろした彼の頬は、うっすらと上気《じょうき》していた。

「ほんまにおまえは、俺を嬉しがらせんのうまいよなあ」

「皆内さんこそ」

熱っぽく潤《うる》んだこげ茶色の瞳で見上げられ、進藤の頬も自然と赤くなる。

指をからめる、笑う、しがみつく、頬を染《そ》めて見上げる。

ひとつひとつの言動が、かわいくてたまらない。今度は暗い独占欲ではなく愛しさから、謙人が自分のものであることを確かめたいと思う。

謙人を腕にくっつけたまま、進藤は部屋へ向かう歩を速めた。

謙人もそれ以上は何も言わず、進藤に合わせて早足になった。


部屋へ入ると同時に、進藤は謙人の腰を抱き寄せて唇を塞《ふさ》いだ。

「ん……」

すかさず歯列《しれつ》を割ると、謙人は小さく声を漏《も》らした。両の腕を進藤の首筋にまわし、自らも舌を差し出してくる。

より密着《みっちゃく》した体と、舌にからみつく濡れた感触に、興奮と愛しさがいや増した。服越しではなく直接触れたくて、謙人のトレーナーの裾《すそ》から手を潜《もぐ》り込《こ》ませる。滑《なめ》らかな素肌を確かめるように撫でると、腕の中の体が敏感《びんかん》に跳ねた。

素直な反応に煽《あお》られ、深く口づけながらベッドに押し倒す。

「ん、う」

夢中な様子でキスに応《こた》える謙人の体は、早くも熱を持ち始めていた。この三年、濃厚《のうこう》な情事を幾度もくり返したせいだろう、初めて体を重ねたときに比べると、彼の体は随分《ずいぶん》といやらしくなっている。些細《ささい》な刺激でも、ひどく感じて乱れてしまう。

この人の体をこういう風にしたたんは、俺や。

何しろ謙人と体を重ねた男は、後にも先にも進藤一人だけなのだ。

深い満足を覚えつつ、角度を変えて息を継《つ》がせる。

舌を触れ合わせたまま、謙人は甘い声を漏らした。互いの唾液《だえき》が混じり合う微《かす》かな水音すらも甘くて、体の芯《しん》がじんと痺《しび》れる。

謙人とのセックスは、確かな充足感を得られる反面、飢餓感《きがかん》を伴《ともな》う。思う存分抱いて満たされた傍《そば》から、もっと触れたい、もっとつながりたいという欲求が湧き上がってくるのだ。だから大抵《たいてい》一度では済まず、二度三度と求めてしまう。俺がしつこいから、皆内さん嫌になってんのとちゃうやろかと心配になるほどだ。もっとも、もうやめてくれと懇願《こんがん》されたのは謙人が卒業した日だけなので、嫌になってはいないのだろう。

いささか乱暴にトレーナーをたくし上げると、既に硬く尖《とが》った突起《とっき》が現れた。色濃く染まっ

たそれは、一見《いっけん》すると慎《つつ》ましく儚《はかな》げな印象だが、きつく吸い上げて唾液で濡らした途端、官能的な色を纏《まと》う。その色を早く見たくて、進藤は薄い胸を飾る粒《つぶ》にかじりついた。

「あっ、ん」

鋭い嬌声《きょうせい》をあげた謙人の手が、後頭《こうとう》を包み込む。引き離そうとするのではなく、押しつける仕種が、彼が感じていることを知らせてくる。

触れたいという欲のまま、もう片方の突起を指でつまむと、組み敷いた体がしなった。

「しん、進藤……」

「気持ち、ええか?」

答えはわかっていたが、感じていると謙人の口から言わせたくて、突起に口づけたまま問う。

もちろん指の動きも休めない。

「気持ちい……」

すると、ん、と謙人は素直に頷いた。

「もっと?」

「ん……、もっと、して」

ねだる声には、どこかもどかしげな響きがある。

そこだけ違《ちご》て、もっと触って。

言外《げんがい》に含まれた意味をくみとった進藤は、胸を弄《いじ》っていた手を下へ伸ばした。ひきしまった腹をたどり、下着の中へ指を忍び込ませる。

温かなそこには、形を変えた謙人の欲望が息づいていた。

キスして胸弄《いじ》っただけで、こんななってる……。

塊《かたまり》になって突き上げてきた歓喜に促《うなが》され、進藤はそれを強く握りしめた。たちまち謙人の背が弓なりに反《そ》り返《かえ》る。

「や、あぁ、あ」

愛撫に合わせて色めいた声をあげた謙人は、細い腰を淫《みだ》らにくねらせた。

隠すことなくさらされる媚態《びたい》に、進藤は謙人に溺《おぼ》れてゆく自分を感じた。ぞく、と背筋に痺れが走り、我知らず身震いする。謙人を抱いているとき、今のように、己《おのれ》が恋人の体にのめり込む瞬間を、はっきり意識することがある。欲しいという強い願いに支配されるその感覚はいつも、寒気にも似た快感を与えてくれる。

もっと感じさせたい。そして自分も感じたい。

「も、いく」

限界を訴える恋人に応え、進藤は焦《じ》らすことなく解放を促した。

刹那《せつな》、掠《かす》れた嬌声があがり、謙人は絶頂《ぜっちょう》を迎える。

「あっ、あ……」

艶《つや》やかな声を漏らす唇は、飲みきれなかった唾液で濡れていた。熱に侵《おか》された視線は、陶然《とうぜん》と宙《ちゅう》を漂《ただよ》っている。胸が激しく上下したせいで、進藤が喉元《のどもと》までたくし上げたトレーナーがずり落ちていた。厚手の布地に胸の突起をこすられる感触が、達して過敏になった体には充分すぎる刺激になったのだろう、悩ましく眉を寄せて身悶《みもだ》える。

更に下へと目を移せば、激しい手淫《しゅいん》のせいで、謙人の劣情《れつじょう》はむき出しになっていた。濡れそぼったそれは、食べ頃に熟した果実のようだ。ジャージのズボンと下着は、腿《もも》の辺りに留まっている。中途半端に衣服を剝《は》がれた格好《かっこう》は、たまらなく扇情的《せんじょうてき》だ。

瞬きをする間も惜《お》しんで見つめていると、肌を這《は》う視線だけで感じてしまったのか、びくびくと謙人の体が跳ねた。

「や、進藤……」

助けを請《こ》うように──否《いな》、先をねだるように甘い声が呼ぶ。

再び目を上げれば、潤んだ瞳がじっと見つめてきた。トレーナーに胸をこすられまいと、震える手で自ら持ち上げている様に、ひどくそそられる。感じすぎて辛くてたくし上げているだけなのだろうが、進藤にとっては、色濃く染まった胸の突起を見せつけられているも同然だ。もっと舐《な》めて弄ってと、ねだられているような錯覚《さっかく》に陥《おちい》る。

進藤は思わず熱い息を吐いた。

「ちょお、待って」

囁いて、着たままだった上着を素早く脱ぎ、ベッドの下へ投げる。皺《しわ》になるだろうが、知ったことではない。更にネクタイに手をかけて一気に引き抜くと、あ、とふいに謙人は声をあげた。感じて出た声ではなく、何かに気付いたときの声だ。

「何や」

濃厚な情事には不釣合《ふつりあ》いな響きに、ネクタイを床に放りながら問う。

間を置かずにシャツのボタンをはずす進藤を見上げ、ううん、と謙人は首を横に振った。

「何もない」

「何もないことないやろ」

「んー、後で言うわ」

「何で後や。今は言えんのか？」

ベルトとズボンを緩《ゆる》めつつ更に尋ねると、謙人はまた首を横に振った。

「言うても、ええんやけど。それより今は、したいから」

濡れた声が紡《つむ》いだ直接的な言葉に、ただでさえ張りつめていた下肢《かし》が、更に高ぶる。

したいんは俺も同じや。

「そしたら、後で聞かして」

同じく濡れた声で言って、進藤は謙人のジャージを下着ごとひきずり下ろした。更に足を使って完全に脱がせる。こちらもあまり余裕はない。息が荒くなっている。

ベッドヘッドに置いてあったローションに手を伸ばしている間に、謙人は両の脚《あし》をそろそろと立てた。大胆なくせに、どこか恥じらいを含んだ仕種に、自然と頬が緩む。

初めて体を重ねたとき、謙人は最初、進藤が男の体を嫌うのではないかと恐れているようだった。積極的になったのは、進藤が自分に欲情していると確信を持ってからだ。

いや、積極的とはちょっと違うか。

自分の体で、進藤に気持ちよくなってもらいたい。

その思いを隠さなくなった。

ローションで指先をたっぷりと濡らした進藤は、健気《けなげ》でいじらしい恋人を見下ろした。

「慣らすぞ」

謙人が頷いたのを確認して、両脚の間にある秘められた場所を指先で探る。

ローションが冷たかったのか、謙人はきつく目を閉じた。

その表情をつぶさに見つめながら、指を二本まとめて挿入《そうにゅう》する。

「う……」

苦しげな声を漏らしたものの、謙人は根本まで飲み込んだ。ローションの助けがあったことはもちろんだが、進藤に抱かれ続けているせいで、そこは異物に馴染《なじ》みやすくなっているのだ。とはいえ元来《がんらい》、受け入れる場所ではないからだろう、燃えるように熱い内壁《ないへき》が指をしめつけてくる。

今指を入れている狭くて熱い場所を、己の劣情で押し開く感触。奥深くまで入れた後、艶《なま》めかしく蠕動《ぜんどう》する内部の動き。それらを思い出して喉が鳴る。

ここに入れたい。貫《つらぬ》いてかき乱して、思う様啼《な》かせたい。

突き上げてきた情欲に促され、進藤は指を動かし始めた。一刻《いっこく》も早く蕩かせたくて、既に熟《じゅく》知《ち》している謙人の感じる場所を抉《えぐ》る。

「あっ……!」

謙人は目を見開き、高い声をあげた。背が反り返り、踵《かかと》がシーツを蹴《け》る。いやいやをするように首を振る仕種とは反対に、彼の劣情は再びその存在を主張し始める。

明らかな変化を見つめながら、進藤は二本の指をバラバラに動かした。たちまち粘《ねば》り気《け》のある卑猥《ひわい》な水音があふれる。

「あ、や、いや」

指を入れている場所が一瞬、きつくしまった。が、すぐに花が開くように綻《ほころ》ぶ。

色を帯《お》びた声をあげながらすすり泣く謙人に、進藤は思わず目を眇《すが》めた。涙に濡れた嬌声は、耳を溶かしそうなほど色っぽい。ときにきつく、ときに緩く収縮《しゅうしゅく》する内側から、ひっきりなしに漏れる水音と重なることで、更に淫靡《いんび》な響きを持つ。

さっきの女二人も、世界中の誰も、こんな皆内さんは知らん。

知ってるんは俺だけや。

そう思うと、否応《いやおう》なしに興奮が高まった。もっと乱れさせたくて三本目の指を足す。

謙人はそれを、少しの抵抗もなく受け入れた。激しく内部を愛撫すると、触れていないのに再び高ぶっていた彼の劣情から、欲の証《あかし》が滴《したた》り落《お》ちる。

「はぁ、は、ん、や」

たわんだトレーナーを握りしめて身を捩り、謙人が喘《あえ》ぐ。

「嫌なこと、ないやろ」

「いや、嫌や……、進藤の、ほし」

正直にねだられ、進藤は指を全て引き抜いてしまった。

突然の消失に高い声をあげた謙人は、くたりと力を抜く。

「ごめん、余裕ない」

自らの劣情を露《あらわ》にしつつ謝った声は、みっともないほど掠れた。

「……俺も」

情欲に濡れた声が返ってきて、進藤は思わず顔を上げた。

薄い胸を上下させながら、謙人がひしとこちらを見つめてくる。

「早《は》よ、入れて……」

「皆内さん……！」

進藤はほとんど飛びかかるようにして、スラリと伸びた謙人の両脚を抱え上げた。先ほどまで指を入れていた場所へ充分に猛《たけ》った己をあてがい、一息に突き入れる。

「あぁ……！」

抗《あらが》うことなく全てを身の内に収めた謙人は、夢中な様子で進藤の首筋にしがみついてきた。

謙人の蕩けるように熱い内部が与えてくれる極上《ごくじょう》の快楽、そして耳朶《じだ》をくすぐる吐息まじりの嬌声に意識の全てを持っていかれ、低くうめく。

気持ちがいい。あまりによすぎて、下半身が溶けてしまいそうだ。

「進藤……、しん、どう……」

喘ぎながら呼ぶ声に、ん、と返事をする。

「気持ち、い……？」

荒い息を吐いていた進藤は、わずかに目を細めた。

つながった後、謙人はこうして必ず、気持ちいいかと尋ねてくる。

男を好きになったことも、男とセックスをしたこともなかった恋人を、いまだに気遣う優しさ。数え切れないほど体を重ねたのに、まだ確かめずにはいられない不安。

その両方を感じて、進藤は体に負けないぐらいに胸が熱くなるのを感じた。

「ああ、めちゃめちゃ、気持ちええ……」

「ほんま……？」

「ほんまや」

想いを込めて頷くと、謙人が微笑《ほほえ》む気配がした。首筋にまわった腕に、きゅっと力がこもる。

「好きや、進藤」

好きや、好き、とうっとりくり返す謙人に、進藤はきつく目を閉じ、歯を食いしばった。そうしないと、すぐにでも達してしまいそうだったのだ。

「俺も、好きや」

荒い息の合間に囁いて、進藤は動き出した。最初はできる限りゆっくりと、しかし感じたままの声をあげる謙人に我慢できなくなり、次第に激しい律動《りつどう》へと変わる。

やがて謙人の中で迎えた絶頂は、目のくらむような快楽だった。


バスルームを出て部屋へ戻ると、謙人はぐったりとベッドに横たわっていた。

寝てしもたかな。

無茶をした自覚があったので、足音をたてないようにベッドに歩み寄る。

今日もやはり一度では足りず、謙人を抱え上げ、向き合う形で己の上に座らせた。奥まで抉られる感覚と、高ぶった己の劣情が、進藤の腹にこすれる感触に耐え切れなかったのだろう、謙人は呆気《あっけ》なく精を放《はな》った。それにかまわず下から突き上げて揺さぶると、泣きながら身悶え、またしても達した。事後、まずは謙人の体を清めようと、彼を抱えて入ったバスルームでも、ただ洗っているだけなのに感じてしまったらしく、甘い声をあげてしがみついてきた。

皆内さんはいっつも感度ええけど、今日は格別《かくべつ》やった。

恋人の艶めいた媚態《びたい》を思い出して頬を緩めつつ、ベッドの脇に腰かける。

覗き込むと、謙人は目を閉じていた。散々《さんざん》泣いたため、その目許《めもと》はまだ赤い。

指先でそっと赤く染まった部分を撫でると、睫《まつげ》がゆっくり動いた。薄い瞼《まぶた》の下から現れたこげ茶色の瞳も、まだ熱っぽく潤んでいる。

目が合った途端、謙人は毛布を口許まで引っ張り上げた。いつになく乱れてしまった自分が恥ずかしいらしい。

こういうとこがまた、かわいい。

「しんどいやろ。寝てええぞ」

優しく囁くと、謙人は小さく頷いた。しかし目を閉じようとはしない。

「進藤、そこにある緑の箱とって」

「箱？」

鸚鵡返《おうむがえ》しして振り向いた進藤は、カラーボックスの上に置かれた見慣れない箱に気付いた。深い緑色の包装紙に包まれたそれは、薄くて細長い。立ち上がって手に取ると、意外なほど軽かった。

ん、と差し出すが、謙人は受け取らない。顔を半《なか》ばまで毛布に埋《うず》めたまま言う。

「それ、プレゼント」

「プレゼントて、俺に？」

「うん。卒業祝いや。卒業おめでとう、進藤」

優しい声音《こわね》に、進藤は瞬きをした。

そおやった。俺今日、大学卒業したんや。

謙人に告白しに来た女性二人を目撃して嫉妬に駆られ、そのまま情事になだれ込んだため、すっかり忘れていた。

「ありがとう」

慌てて礼を言うと、謙人は毛布からそろりと顔を出した。そしてわずかに唇を尖らせる。

「帰ってきたら一番におめでとう言おう思てたのに、おまえがいらんヤキモチやくから、後まわしになってしもた」

「……ごめん」

本当のことだったので、素直に謝る。

すると謙人はクスクスと嬉しそうに笑った。

「な、開けてみ？」

「ええんか？」

「ええよ。進藤にあげたもんやもん」

「そしたら遠慮なく」

頷いて、進藤は慎重に包装紙を剝がした。

謙人の視線を感じながら、現れた白い箱の蓋《ふた》をとると、そこには紺色のネクタイが収まっていた。落ち着いた色が印象的な、品《ひん》のあるネクタイだ。

「俺が卒業したとき、おまえネクタイくれたやろ。せやから俺もネクタイにしてん」

確かに謙人の卒業祝いに、淡いグレーとピンクのストライプが入ったネクタイを贈った。明るく柔らかい色合いが、彼にぴったりだと思ったのだ。

皆内さんも、これが俺に似合うと思て選んでくれたんや。

そのことが伝わってきて、進藤は指先でそっとネクタイを撫でた。

「ありがとう。嬉しい」

頰を緩めてもう一度礼を言ってから、あ、と小さく声をあげる。

「最中に思い出したん、これのことか」

ネクタイをはずしたときに、渡していないことに気付いたのだろう。

謙人は案《あん》の定《じょう》、うんと頷く。

「おめでとう言うてそれ渡してから、ゆっくりするつもりやったん思い出してん」

「計画丸つぶれやな」

「おまえのせいでな」

わざとなのだろう、怒った口調で言った謙人だったが、ふいに愛しげな視線を向けてきた。

「おまえがやたらヤキモチやくんは、俺を信じられるとか信じられんとか、そういうことやないよな。信じてても、俺のことが好きやから、気に食わんもんは気に食わん。せやろ?」

自分でもよくわかっていなかった部分を明確に説明されて、進藤は言葉につまった。

確かに今まで一度も、謙人が浮気をしたり、心変わりしたりする想像はしたことがない。謙人が言った通り、ただ単に、彼が必要以上に好かれるのが気に食わないのだ。

——やっぱり皆内さんにはかなわん。

社会人だとか学生だとか、そんなことは関係ない。

たまらない愛しさと共に快《こころよ》い敗北感を味わっていると、謙人はニッコリ笑った。

「俺も同じや。おまえが好きやから、ヤキモチやく」

「皆内さんがか? あんまり妬いてるとこ見たことないけど」

「それは表に出してへんだけや。ほんまはめっちゃ妬いてんねん」

言いながら、謙人は進藤の手元にあったネクタイを取り上げた。腕を伸ばして進藤の首筋にひっかけ、きゅ、と両端を引っ張る。

進藤は必然的に、謙人の上に覆《おお》いかぶさることになった。情事の余韻《よいん》が残る恋人の色っぽい顔まで、ほんの数センチの距離だ。

「プレゼントをネクタイにしたんは、おまえがネクタイくれたこともあるけど、それだけとちゃうねん。ネクタイて首につけるやろ。せやから、犬につける首輪みたいでええな思て」

「俺は犬か」

番犬やったらマジでなりたい、と思ったことを隠して顔をしかめてみせる。

すると謙人は、慌てたように首を横に振った。

「たとえや、たとえ。おまえは俺のもんやって、主張したかっただけやねん……」

次第に小さくなってゆく声は、ひどく恥ずかしそうだった。こげ茶色の瞳が照れた風に伏せられ、滑らかな頰にうっすらと赤が差す。

おまえのことが好きでたまらないと告白しているも同然の様子に、進藤のしかめっ面は一瞬で崩《くず》れた。頭を落とし、すぐ傍にある唇にキスを贈る。軽く触れただけで離れると、謙人の腕が首筋にまわり、ついばむようなキスが返ってきた。

優しく甘いキスの応酬《おうしゅう》は、その心地《ここち》好さに負けて謙人が眠ってしまうまで、延々《えんえん》と続いた。

あとがき

久我有加

お楽しみいただけましたでしょうか。

お楽しみいただけたなら、幸いです。

失恋が書きたい！　という欲求のもとに生まれたのが本書です。

ハッピーエンドの物語では、すれ違いや誤解は書けても、失恋の描写はなかなか入れることができません。そのため、恋に敗《やぶ》れる様《さま》を書きたい欲求が溜《た》まっていたのでした。失恋で辛《つら》い思いをさせるかわりといってはなんですが、受の謙人《けんと》は、男女問わずもてる設定にしました。「もてる受」は個人的モエツボなので、書いていて楽しかったです。ちなみに最終的にはちゃんと両想いになりますので、どうぞご安心を。

攻の進藤《しんどう》は、基本的には真面目で一本気《いっぽんぎ》でオトコマエな性格だけれど、受の前では受を愛するあまり、ちょっとヘタれてしまう男というイメージで書きました。「ヘタレ攻」も個人的モエツボなので、書いていて楽しかったです。受に対しては、どこまでもかっこよくなるがいい！　そして強くなるがいい！　と思うのですが、攻に対しては、もっとヘタれるがいい！　そして受の尻に敷《し》かれるがいい！　と思ってしまいがちです……。

そんな「もてる」受と「オトコマエたまにヘタレ」攻の物語。

読んでくださった方に、少しでも気に入っていただけることを祈っています。

作中、謙人が大学構内《こうない》のカフェで、旨《うま》いと評判のオムライスを食べる場面があります。このシーンを書きながら、自分が学生だった遠い昔のことを思い出しました。

私が学食でよく食べたのは、ごく普通のマカロニサラダです。副食《ふくしょく》として頻繁《ひんぱん》に食べていました。マカロニサラダに醤油《しょうゆ》をかけて食べるのが好きだったのです。そんなわけで、学食と聞いて一番に思い浮かぶのは、マカロニサラダなのでした……。マカロニサラダの醤油がけ、今も好きで時々食べますが、もっと学食ならではのメニューを食べておけばよかったと思わないでもないです。

最後になりましたが、お世話になった皆様方に感謝申し上げます。

本書に携《たずさ》わってくださった全ての皆様。ありがとうございます。特に担当様にはご面倒《めんどう》をおかけしてしまい、申し訳ありませんでした。

RURU《ルル》先生。お忙しい中、素敵なイラストを描いてくださり、ありがとうございました。謙人と進藤を凄《すご》くかっこよく描いていただけて、とても嬉しかったです。女の子たちもかわいくて、至福《しふく》でした。

支えてくれた家族。本当に申し訳ないことばかりです。

そして、この本を手にとってくださった皆様。心より感謝申し上げます。貴重なお時間をさいて読んでくださり、ありがとうございました。もしよろしければ、一言だけでもご感想をいただけると嬉しいです。

それでは皆様、お元気で。

二〇〇九年二月　　久我有加

恋は愚かというけれど《こいはおろかというけれど》

この本を読んでのご意見、ご感想などをお寄せください。
久我有加先生・RURU先生へのはげましのおたよりもお待ちしております。
〒113-0024　東京都文京区西片2-19-18　新書館
[編集部へのご意見・ご感想] ディアプラス編集部「恋は愚かというけれど」係
[先生方へのおたより] ディアプラス編集部気付　○○先生

初　出
恋は愚かというけれど：小説DEAR⁺ 08年ナツ号（Vol.30）
恋のとりこ：小説DEAR⁺ 08年アキ号（Vol.31）
あなたに夢中：書き下ろし

新書館ディアプラス文庫

著者：久我有加 [くが・ありが]
初版発行：2009年 3月25日

発行所：株式会社新書館
[編集] 〒113-0024　東京都文京区西片 2-19-18　電話(03)3811-2631
[営業] 〒174-0043　東京都板橋区坂下 1-22-14　電話(03)5970-3840
[URL] http://www.shinshokan.co.jp/
印刷・製本：図書印刷株式会社

定価はカバーに表示してあります。乱丁・落丁本はお取替えいたします。
ISBN978-4-403-52209-3

＜ディアプラス小説大賞＞
募集中！

トップ賞は必ず掲載!!

賞と賞金

大賞・30万円
佳作・10万円

内容

ボーイズラブをテーマとした、ストーリー中心のエンターテインメント小説。ただし、商業誌未発表の作品に限ります。

・第四次選考通過以上の希望者には批評文をお送りしています。詳しくは発表号をご覧ください。なお応募作品の出版権、上映などの諸権利が生じた場合その優先権は新書館が所持いたします。
・応募封筒の裏に、**【タイトル、ページ数、ペンネーム、住所、氏名、年齢、性別、電話番号、作品のテーマ、投稿歴、好きな作家、学校名または勤務先】**を明記した紙を貼って送ってください。

ページ数

400字詰め原稿用紙100枚以内（鉛筆書きは不可）。ワープロ原稿の場合は一枚20字×20行のタテ書きでお願いします。原稿にはノンブル（通し番号）をふり、右上をひもなどでとじてください。なお原稿には作品のあらすじを400字以内で必ず添付してください。
小説の応募作品は返却いたしません。必要な方はコピーをとってください。

しめきり

年2回　1月31日/7月31日(必着)

発表

1月31日締切分…小説ディアプラス・ナツ号（6月20日発売）誌上
7月31日締切分…小説ディアプラス・フユ号（12月20日発売）誌上
※各回のトップ賞作品は、発表号の翌号の小説ディアプラスに必ず掲載いたします。

あて先

〒113-0024　東京都文京区西片2-19-18
株式会社 新書館
ディアプラス チャレンジスクール〈小説部門〉係